Eine himmlische Familie

Rivalinnen

Auf Basis der gleichnamigen Fernsehserie
von Brenda Hampton
und der Drehbücher »Let's talk about sex«
von Brenda Hampton
und »Nobody knows« von Brenda Hampton
& Catherine LePard

Romanfassung von Amanda Christie

Aus dem Amerikanischen
von Kerstin Winter

vgs

Die Deutsche Bibliothek – CIP-Einheitsaufnahme

Eine himmlische Familie : auf Basis der gleichnamigen Fernsehserie von Brenda Hampton und der Drehbücher »Paranoia« von Ron Darien und »It happened one night« von Brenda Hampton & Greg Plageman / Romanfassung von Amanda Christie. – Köln : vgs

Rivalinnen / aus dem Amerikan. von Kerstin Winter. – 2000
ISBN 3-8025-2773-9

Das Buch »Eine himmlische Familie. Rivalinnen« entstand nach der gleichnamigen Fernsehserie (7th Heaven) von Brenda Hampton, produziert von Spelling Television, ausgestrahlt bei Vox.

Erstveröffentlichung bei Random House, Inc., New York, 1999.
Titel der amerikanischen Originalausgabe: *7th Heaven. Rivals.*

Umschlaggestaltung: Sens, vgs
Senderlogo: © Vox 2000
Titelfoto: © Spelling Television 2000
Satz: Kalle Giese, Overath
Druck: Clausen & Bosse, Leck
Printed in Germany
ISBN 3-8025-2773-9

1

»Für einen Donnerstagnachmittag ist hier aber ziemlich viel los«, sagte Mrs. Camden und legte instinktiv die Hände auf ihren hochschwangeren Bauch.

An den Kombi der Familie gelehnt, beobachteten Mary und Lucy das Treiben um sie herum. Sie standen vor dem städtischen Verkehrsamt und warteten darauf, dass Mary ihre Fahrprüfung ablegen konnte.

»Du bist die Nächste, glaube ich«, bemerkte Lucy mit einem schiefen Grinsen.

Irgendwo ertönte eine Hupe und Mary zuckte zusammen.

»Nervös, Schatz?«, fragte Mrs. Camden.

Mary schüttelte den Kopf. »Keine Spur.«

»Tja ... dann rufe ich mal eben euren Dad an.«

Die beiden Mädchen fingen an zu grinsen.

»Ich muss ihn nur an Simons Kurs erinnern«, fügte ihre Mutter hastig hinzu.

»Klar, Mom.« Lucy nickte, immer noch lächelnd. »Geh ruhig. Wir warten hier.«

Mrs. Camden machte sich auf den Weg zum Münztelefon.

Mary sah ihrer Mutter hinterher. »Man sollte die beiden einsperren.«

Lucy nickte. »Aber getrennt.«

Mary musste wieder grinsen. »Jetzt, wo Mom Zwillinge erwartet, können sie die Finger erst recht nicht mehr voneinander lassen.«

Die Mädchen schwiegen einen Moment und sahen sich beunruhigt an.

»Du denkst doch nicht, dass es in Zukunft *noch* mehr Camdens geben wird?«, fragte Lucy mit einem Anflug von Panik in der Stimme.

Mary schüttelte sich in gespieltem Entsetzen. »Reden wir nicht mehr davon«, meinte sie. »Das Thema macht mich irgendwie nervös. Im übrigen weiß ich immer noch nicht, was ich tun soll, wenn der Prüfer von mir verlangt, dass ich rückwärts einparken soll.«

»Ich bin zwar kein Experte auf diesem Gebiet«, antwortete Lucy, »aber ich würde genau das machen, was der Typ dir sagt.«

»Toller Rat – da wäre ich nie draufgekommen«, erwiderte Mary ironisch. »Vielen Dank.«

In diesem Moment kam ein älterer Mann mit dicker Brille und hagerem Gesicht auf die beiden zu. Er trug eine Uniform und sah darin sehr wichtig aus.

Er warf einen Blick auf das Klemmbrett in seinen Händen. »Mary Camden?«

»Das bin ich«, sagte Mary. Ihr Herz begann zu rasen.

»Ich komme gleich zu Ihnen«, sagte der Mann, machte kehrt und ging auf das Gebäude zu.

Mary seufzte erleichtert. »Oh, Mann! Wenn mir wenigstens ein Gebet zum Thema Einparken einfallen würde. Aber so ...«

»Wieso kannst du denn nicht rückwärts einparken?«, fragte Lucy. »Du hast doch genug Fahrstunden gehabt.«

»Mein Fahrlehrer war aber ein totaler Idiot«, fauchte Mary gereizt. »Er konnte es mir einfach nicht richtig erklären, okay?«

»Okay!« Lucy hob beschwichtigend die Hände und trat einen Schritt zurück. »Jetzt reg dich bloß nicht auf. Ich wollte dich ja nur etwas ermutigen.«

Einen Moment lang schwiegen beide. Nach einer Weile meldete sich Lucy erneut zu Wort. »Warum sind wir denn dann hier?«, fragte sie vorsichtig. »Ich meine, wenn du nicht einparken kannst, bestehst du auch nicht.«

Mary warf ihrer Schwester einen drohenden Blick zu. Doch plötzlich lächelte sie. »Vielleicht doch«, meinte sie. »Ich habe mit ein paar Leuten aus dem Fahrkurs gesprochen. Sie meinten, dass das Einparken manchmal gar nicht geprüft wird.«

Lucy musterte ihre Schwester mitleidig. »Toll. Aber was, wenn der Prüfer es doch verlangt?«

Mary zuckte die Achseln. »Dann sag ich einfach, dass ich es nicht kann.«

»Ehrlich?« Lucy sah ihre Schwester erstaunt an. »Ich glaube, ich würde in Tränen ausbrechen. Wahrscheinlich würde ich so sehr heulen, dass der Prüfer mich allein aus Mitleid nicht durchfallen lassen würde.«

»Ja, klar«, meinte Mary. »Das dürfte wohl der älteste Trick sein, den man sich denken kann. Und ich habe noch nie gehört, dass ein Prüfer darauf reingefallen wäre.«

»Na ja, wenn ich du wäre, würde ich es versuchen. Es kann ja nicht schaden.«

»Das wird nicht nötig sein. Er wird es nämlich nicht verlangen«, sagte Mary.

Bevor Lucy noch einen Kommentar abgeben konnte, kehrte der Prüfer zurück. »Leon Dougherty«, sagte er und gab Mary die Hand. »Sind Sie so weit, Miss Camden?«

Mary lächelte schwach und gab sich Mühe, zuversichtlich auszusehen. »Klar«, sagte sie.

Lucy verdrehte die Augen und entfernte sich vom Wagen. »Viel Glück.«

Mr. Dougherty bedeutete Mary, sich hinters Steuer zu setzen. Anschließend ging er zur Beifahrertür des Kombis und stieg ein.

Mary startete den Wagen und fuhr an. Als sie an Lucy vorbeikam, hob sie in einem Anfall von Optimismus die Hand und winkte ihrer Schwester zu.

»Dead girl driving« flüsterte Lucy, als das Auto sich von ihr entfernte.

Mrs. Camden drückte den Hörer ans Ohr und lächelte.

»Ich könnte die Uhren eine Stunde vorstellen«, schlug sie vor. »Vielleicht kriegen wir die Kinder dann alle schon um neun ins Bett!«

Sie hörte ihren Mann am anderen Ende der Leitung lachen.

»Es wäre einen Versuch wert«, erwiderte Reverend Camden. »Wir müssten allerdings auch ihre Armbanduhren umstellen. Könnte schwierig werden.«

»Ich würde alles tun, um eine Stunde mit dir allein zu haben.« Mrs. Camden seufzte. In diesem Moment sah sie den Kombi auf die Prüfungsstrecke fahren.

»Marys Prüfung hat gerade angefangen. Ich glaube, ich mache jetzt besser Schluss.«

»Du hast ihr doch nicht verraten, dass wir über ihre Schwierigkeiten beim Einparken Bescheid wissen, oder?«, fragte der Reverend.

»Natürlich nicht. Wenn wir ihr gesagt hätten, dass sie eigentlich noch nicht reif für die Prüfung ist, dann hätte sie uns erwürgt. Soll sie den Prüfer erwürgen!«

»Liebling, du bist so klug.«

Mrs. Camden lächelte. »Ich weiß.«

»Bis nachher dann.«

»Im Gemeindezentrum!«, rief ihm Mrs. Camden in Erinnerung. »Vergiss Simons Babysitterkurs nicht!«

»Keine Sorge, er steht in meinem Terminkalender«, beruhigte Camden sie. »Wir sehen uns dort.«

Mrs. Camden hängte den Hörer ein und kehrte zu ihrer Tochter zurück. »Was denkst du – schafft sie es?«, fragte sie Lucy.

Lucy grinste. »Kein Kommentar.«

»Wie soll ich das deuten?«

»Dads Predigt von letztem Sonntag«, antwortete Lucy. »Wenn du nichts Nettes sagen kannst, dann sag besser gar nichts.«

»Alles klar«, meinte Mrs. Camden.

Mary betätigte den Blinker, bevor sie zum Spurwechsel ansetzte. Gewissenhaft machte sie den Schulterblick.

»Halten Sie bitte da an den Plastikmarkierungen«, wies Mr. Dougherty sie an.

»Wie mache ich mich?«, fragte Mary nervös.

»Ganz wunderbar«, antwortete Mr. Dougherty. »Sie fahren sehr gut.«

Mary lächelte strahlend, während Mr. Dougherty sich über das Klemmbrett beugte und etwas notierte. Dann deutete er auf den Raum zwischen zwei orangefarbenen Kegeln. »Und jetzt wollen wir sehen, wie gut Sie einparken können.«

Mary fuhr der Schreck in die Glieder. Sie schluckte nervös und versuchte, die aufsteigende Panik niederzukämpfen. Nach einem tiefen Atemzug legte sie beherzt den Rückwärtsgang ein. Dann schlug sie das Steuer ein und trat aufs Gaspedal.

Der Kombi machte einen Satz rückwärts und schleuderte Mary und ihren Prüfer in die Gurte. Mit aller Kraft trat Mary auf die Bremse. Mr. Doughertys Klemmbrett und Stift flogen zu Boden.

Entschlossen, es zu Ende zu bringen, schaltete Mary erneut. Dieses Mal schoss der Wagen so schnell nach vorne, dass die orangefarbenen Kegel in alle Richtungen davonflogen.

Wieder stieg Mary in die Bremsen. Quietschend kam der Wagen zum Stehen, der Motor gurgelte und verstummte. Mary drehte den Kopf und sah den Prüfer an. Ihre Unterlippe begann zu zittern.

»Es ... es tut mir Leid«, stotterte sie. »Aber ich kann nicht ...«

»Was können Sie nicht?« Mr. Dougherty wirkte etwas mitgenommen. »Einparken?«

Sie wusste nicht, was sie sagen sollte. Und so saß sie nur stumm da und starrte durch die Windschutzscheibe. Plötzlich kam ihr wieder die Bemerkung ihrer Schwester in den Sinn.

Wahrscheinlich würde ich so sehr heulen, dass der Prüfer mich allein aus Mitleid nicht durchfallen lassen würde.

Es fiel Mary nicht einmal besonders schwer, in Tränen auszubrechen.

»Dieser Druck, wissen Sie ...«, schluchzte sie dramatisch.

Mr. Dougherty verlagerte voller Unbehagen sein Gewicht und räusperte sich. »Junge Frau, bitte reißen Sie sich doch zusammen.«

Mary beschloss, noch ein bisschen dicker aufzutragen. »Es war alles ein bisschen viel«, presste sie hervor. »Erst der Stress, beim Basketball die Beste zu sein. Dann der Notendruck. Man kann doch nicht überall glänzen, oder?« Sie wandte dem Prüfer ihr tränenüberströmtes Gesicht zu. »Oder?«, flüsterte sie, während sie sich mit dem Handrücken über die Wangen wischte.

Mr. Dougherty wich ihrem flehenden Blick aus, indem er sich intensiv mit seinem Klemmbrett beschäftigte. Mary zog geräuschvoll die Nase hoch. Aus dem Augenwinkel sah Mr. Dougherty, dass die Unterlippe des Mädchens wieder zu zittern begann. Hastig nahm er seinen Stift und begann zu schreiben.

Matt hatte sich gerade einen Keks aus der Dose genommen, als Mary und Lucy durch die Hintertür in die Küche kamen.

»Na, wie war's?«, fragte er.

»Ich hab's geschafft«, antwortete Mary ohne Begeisterung.

Matt sah seine Schwester misstrauisch an. »Du hast deinen Führerschein?«

Mary blieb stehen und sah ihn an. »Ja. Was überrascht dich daran so?«

Matt sah verlegen weg. »Nichts«, sagte er nach einem Augenblick. »Herzlichen Glückwunsch, Schwesterchen.«

»Tja.« Mary ging an ihm vorbei. »Vielen Dank.«

Gefolgt von Lucy rannte Mary die Treppe hinauf, während Mrs. Camden die Küche betrat. Matt sah seine Mutter fragend an.

»Ich bin auch überrascht«, sagte sie. »Sehr sogar.«

Mary warf ihre Zimmertür direkt vor Lucys Nase zu. Lucy ließ sich jedoch davon nicht beeindrucken und betrat das Zimmer, das sie und ihre Schwester sich teilten.

»Du hast es getan, stimmt's?«, fragte sie.

»*Was* getan?«, fragte Mary.

»Das, was ich dir gesagt habe«, fuhr Lucy fort. »Meine große Schwester hat zum ersten Mal in ihrem Leben einen Rat von mir beherzigt!«

Mary zuckte die Achseln. »Und wenn?«

Lucys Augen weiteten sich schockiert. »Du hast es wirklich getan? Du bist in Tränen ausgebrochen?«

»Schsch!« Mary legte ihrer Schwester eine Hand auf den Mund. »Ich hab's nur getan, weil du so darauf bestanden hast«, flüsterte sie.

»Aber es hat geklappt!« Auch Lucy flüsterte nun. »Freu dich doch!«

Mary schüttelte den Kopf. »Ich hab nur durch einen Trick bestanden. Ich bin eine Schande für alle Frauen hinterm Steuer.«

»Ja.« Lucy nickte. »Aber nicht, weil du vor dem Prüfer geweint hast, sondern weil du nicht rückwärts einparken kannst.«

Lucy stand auf und ging zur Tür. Dort drehte sie sich noch einmal um.

»Wer heult, um etwas zu erreichen, ist keine Schande für alle Frauen hinterm Steuer«, sagte sie, »sondern für alle Frauen allgemein.«

Mary schrie zornig auf und jagte Lucy in den Flur hinaus.

»Ich geh schon!«, rief Simon, als es klingelte.

Er öffnete die Tür und sah Jordan, Lucys Freund, draußen stehen.

»Hi, Simon!«

»Hi.«

»Ist Lucy da?«

»Jawoll.« Simon wandte sich halb zum Treppenhaus um und brüllte aus vollem Hals: *»Luuuuucyyy*!«

Jordan hielt sich die Ohren. »Danke«, murmelte er.

»Was brüllst du denn hier herum?«, fragte Mrs. Camden, die in die Diele kam. »Oh, hi, Jordan. Komm doch rein. Ich habe gerade Kekse gebacken. Lucy und ich haben noch kurz etwas zu besprechen, dann hat sie Zeit für dich.«

»Aber, Mom, wir müssen los!«, wandte Simon ein. »Wir kommen sonst zu spät zu meinem Kurs.«

»Okay, okay.« Mrs. Camden hob beschwichtigend die Hände. »Ich rede nur ganz kurz mit Lucy, dann können wir los.«

In diesem Moment kam Mary die Treppe herunter und warf Jordan einen Ball zu. Automatisch fing er ihn auf.

»Lucy hat noch zu tun. Hast du Lust auf ein paar Körbe?«, fragte sie.

»Klar, warum nicht«, antwortete Jordan.

Mary stieß die Küchentür auf. »Dann los!«

Mrs. Camden reichte ihrer Tochter eine Liste. »Hier steht unter anderem drauf, wo du uns erreichen kannst. Ruthie ist in ihrem Zimmer und spielt. Sie sollte eigentlich keine Probleme machen.«

»Mom!« Entnervt starrte Lucy auf den Zettel in ihrer Hand. »Ihr fahrt doch bloß ins Gemeindezentrum. Ich kann auch durchaus ein oder zwei Stunden ohne Gebrauchsanweisung auf Ruthie aufpassen. Es ist ja nicht so, als wolltet ihr zum Mond fliegen oder so.«

»Man kann nicht gut genug vorbereitet sein«, wandte Mrs. Camden ein.

»Keine Sorge«, meldete sich Simon zu Wort. »Wenn ich meinen Babysitter-Kurs hinter mir habe, dann übernehme ich den Job.«

Lucy sah ihren kleinen Bruder ungläubig an.

»Wenn der Preis stimmt, versteht sich«, fügte Simon hinzu.

Mrs. Camden verdrehte die Augen. »Los, gehen wir«, sagte sie, während sie Simon durch die Tür schob. »Sonst kommen wir zu spät.«

»Meiner!«, rief Mary und schob sich an Jordan vorbei.

Jordan versuchte, ihr in den Weg zu treten, konnte jedoch nicht verhindern, dass Mary wieder einen Korb warf.

Dribbelnd umkreiste Mary ihren Gegner. »Du bist zu langsam, Kumpel«, sagte sie, bevor sie eine weitere Attacke startete. Diesmal jedoch ging Jordan in die Offensive, sodass Mary ihre Strategie ändern musste.

Schließlich gelang es ihr, an ihm vorbeizukommen. Doch Jordan blieb dran und versuchte, ihr den Ball abzunehmen. Unter dem Korb kamen sie sich gegenseitig ins Gehege und Jordan stürzte zu Boden, während es Mary zum zweiten Mal in weniger als einer Minute gelang, einen Treffer zu landen.

Anschließend reichte sie Jordan eine Hand, um ihm aufzuhelfen.

»Was ist denn mit deiner legendären Abwehr passiert?«, fragte sie.

Jordan klopfte sich den Staub von der Kleidung. »Mir geht es einfach nicht darum, meinen Gegner zu demütigen – oder ihn umzubringen!«

»Was soll denn das heißen?« Mary ließ den Ball auf der Fingerspitze kreiseln. »Du glaubst, dass ich dich demütigen wollte?«

»Vielleicht nicht genau das«, gab Jordan zurück. »Aber du scheinst immer etwas beweisen zu müssen.«

Mary lächelte spitzbübisch. »Zum Beispiel, dass ich im Basketball besser bin als du?«

Jordan schüttelte den Kopf. »Dass du grundsätzlich alles besser kannst!«

»Uih! Tiefgreifende Analyse. Ich wette, Lucy lässt sich von solchen Sprüchen beeindrucken.« Mary hielt Jordan den Ball hin. »Zwei von drei?«

»Fang schon an!«

»Der Verlierer trägt den Sieger zum Haus!«, brüllte Mary.

Zwanzig Minuten später schleppte Jordan Mary Huckepack in die Küche.

»Du kannst mich jetzt runterlassen, du Loser!«, sagte Mary. Jordan gehorchte und Mary schenkte zwei Gläser Wasser mit Eis ein.

»Herzlichen Glückwunsch zur bestandenen Fahrprüfung«, meinte Jordan.

Mary zuckte nur die Achseln. In diesem Moment betrat Lucy die Küche und küsste Jordan auf die Wange.

»Hi, Jordan«, sagte sie. »Tut mir Leid, aber ich kann heute Nachmittag nicht. Ich habe Babysitter-Dienst.«

»Schon okay«, antwortete Jordan und warf einen Blick auf seine Uhr. »Ich sollte sowieso besser wieder los. Ich denke, ich fahre mal bei meinem Job vorbei und hole mein Geld.« Dann warf er Mary einen Blick zu. »Was ist mit morgen? Hast du immer noch vor hinzugehen?«

Mary zögerte einen Moment lang. Als sie schließlich antwortete, sah sie ihre Schwester an. »Ja. Hab ich.«

Lucy sah neugierig von einem zum anderen. Als Jordan gegangen war, versuchte Mary, sich an ihrer Schwester vorbeizustehlen, doch Lucy hielt sie fest.

»Um was genau ging es gerade?«

»Um nichts«, gab Mary zurück.

Lucy packte Marys Arm fester. »Wolltest du morgen nicht mit deinen Basketballerinnen bei einer Spielerin übernachten?«

Mary machte sich los und ging die Treppe hoch.

»So lass ich mich nicht abspeisen«, rief Lucy ihr hinterher.

Lucy sah nach Ruthie, die inzwischen eingeschlafen war. Dann schlich sie aus dem Zimmer und ging zu ihrem und Marys Zimmer. Ihre Schwester lernte, als sie eintrat.

»Und?«, fragte Lucy knapp.

Mary sah auf. »Was und?«

Lucy verschränkte die Arme und sah ihre Schwester trotzig an.

Mary seufzte. »Die Pyjamaparty vom Basketballteam ist genau wie die vom letzten Freitag ...« Mary brach ab.

»Ja?«, drängte Lucy.

»Gemischt«, beendete Mary den Satz.

»*Bitte*?«

»Tina Caldwells Eltern lassen uns im Keller schlafen«, erklärte Mary. »Wir bringen CDs, Videos und Essen mit. Es ist einfach nett.«

»Klar.« Lucy sah sie skeptisch an.

»Eine ganz normale Pyjamaparty«, fuhr Mary fort. »Nur, dass das Basketballteam der Jungs auch dabei ist.«

Lucy riss die Augen auf. »Eine gemischte Pyjamaparty?«

»Ja«, sagte Mary gereizt. »Eine gemischte Pyjamaparty! Das ist doch nichts Besonderes. Hast du ein Problem damit?«

Lucy schüttelte den Kopf, obwohl das nicht ganz stimmte, da auch Jordan zum Schulteam gehörte. »Ich nicht«, antwortete sie trotzdem. »Ich wundere mich nur, dass Mom und Dad nichts dagegen haben. Was haben sie denn gesagt?«

Verlegen sah Mary weg. »Nichts«, murmelte sie schließlich. »Wahrscheinlich hätten sie was dagegen, wenn ich es ihnen sagen würde, aber das habe ich bisher nicht. Und du wirst es auch nicht tun, wenn dir dein Leben lieb ist.«

Mary stand auf und verließ das Zimmer. Aber Lucy ließ sich nicht so schnell abschütteln, sondern folgte ihr.

»Na, super!«, fauchte sie. »Und Jordan war bei so einer Pyjamaparty dabei?«

Mary nickte. »Bei einer, ja.«

Lucy schüttelte den Kopf. »Für wie dumm hältst du mich eigentlich? Ich bin nicht so leichtgläubig wie Mom und Dad!«

In diesem Moment kam Matt die Treppe hinunter, die zu seinem Zimmer unterm Dach führte. Augenblicklich verstummten Mary und Lucy. Ein angespanntes Schweigen breitete sich aus.

Matt zog den Kopfhörer seines Walkmans vom Ohr und starrte seine Schwestern an. »Was?«

»Nichts«, antworteten Mary und Lucy im Chor.

Matt grinste wissend. »Ihr redet über Jungs, was?«

Wieder waren sich die Schwestern einig. »Tun wir nicht.«

»Tut ihr doch«, sagte Matt. »Ich seh's euch an.«

Mary verzog höhnisch das Gesicht. »Nur, weil du gerade ein Thema für dein Projekt zur Sexualität suchst, redet noch lange nicht jeder darüber!«

Matt warf seiner Schwester einen fragenden Blick zu. »Woher weißt du von dem Projekt?«

»Mom hat ihr davon erzählt«, erklärte Lucy. »Und dann hat sie mir davon erzählt.«

»Na dann.« Matt sah von einer zur anderen. »Falls einer von euch einen Vorschlag hat – ich bin ganz Ohr.«

Mary warf Lucy einen warnenden Blick zu, aber Matt hatte es gesehen. »Okay«, sagte er schließlich, »ich weiß nicht, was hier los ist, aber wenn einer von euch beiden konkrete Pläne in Bezug auf Sex hat – vergesst es.« Er setzte sich wieder in Bewegung und Mary seufzte erleichtert. Dann blieb er plötzlich noch einmal stehen und sah Mary tief in die Augen.

»Und damit meine ich speziell dich, Mary«, sagte er streng.

Mary seufzte wieder. Dann wandte sie sich Lucy zu. »War noch was?«

Lucy zögerte nur einen kurzen Moment. »Weißt du noch, wie verlogen du es von Lauren fandest, zwei Freunde gleichzeitig zu haben?«

Mary nickte. Sie hatte keine Ahnung, worauf ihre Schwester hinauswollte.

»Na ja, wenn ich die Geschichten von der Pyjamaparty und der Fahrprüfung höre, dann denke ich, dass du nicht wesentlich besser bist.«

Bevor Mary etwas sagen konnte, war Lucy schon weg, um nach Ruthie zu sehen.

»Hey, das war unfair!«, rief Mary ihr hinterher.

Aber tief in ihrem Inneren musste sie sich eingestehen, dass Lucy Recht haben mochte.

2

Simon näherte sich den Tischen, die man in der Halle des Gemeindezentrums aufgestellt hatte. Auf jedem Tisch klebte ein Zettel, auf dem die Bezeichnung für die einzelnen Kurse stand. Simon ging an den Tischen für »Ganzheitliche Medizin«, »Tennis für jedermann« und den »Wundern der vegetarischen Küche« vorbei, ohne ihnen einen zweiten Blick zu gönnen. Erst vor der Anmeldung zu »Professionelles Babysitting« blieb er stehen. Die junge Frau, eine hübsche Rothaarige mit Sommersprossen, reichte ihm ein Formular und nahm die Anmeldungsgebühr entgegen.

»Der Kurs wird dir bestimmt gefallen«, sagte sie zu Simon, als sie ihm das Wechselgeld gab. »Da kannst du eine Menge über Babys lernen.«

»Danke.« Simon nahm das Geld. »Ich finde, es ist nie zu früh, sich weiterzubilden ... oder Geld zu verdienen.« Er wandte sich um und sah, wie seine Mutter auf ihn zuhastete.

»Tut mir Leid, Simon«, sagte sie etwas atemlos. »Es ist so voll hier, dass ich ganz hinten auf dem Parkplatz parken musste.«

»Schon okay, Mom.« Simon zeigte ihr das Formular. »Ich bin schon soweit!«

Gemeinsam gingen sie die Treppe hinauf. Als sie die Tür zum Kursraum erreicht hatten, umarmte Mrs. Camden ihren Sohn.

»Viel Spaß«, sagte sie.

Simon sah seine Mutter strafend an. »Hier geht es um Bildung, Mom. Es soll keinen Spaß machen.«

Simon öffnete die Tür und betrat den Raum. An den Tischen saßen bereits etwa ein Dutzend Lernwillige und warteten auf den Kursbeginn. Simon blieb stehen und sah sich gründlich um. Ein Grinsen huschte über sein Gesicht.

Wow, dachte er. Vielleicht kann Bildung ja doch Spaß machen!

»Tut mir Leid, dass ich so spät bin.« Reverend Camden sah etwas gehetzt aus. »Auf dem Parkplatz herrscht das absolute Chaos.«

»Ich weiß.« Mrs. Camden küsste ihn auf die Wange. »Simons Kurs hat schon angefangen.«

»Und wie gefällt es ihm?«

Mrs. Camden lachte. »Bestens! Er ist der einzige Junge in dem Kurs!«

Reverend Camden sah auf seine Uhr. »Ich muss noch mit Carlo Forte reden, bevor der Kochkurs beginnt.«

»Wegen des Backwaren-Verkaufs nächsten Monat?«

Er nickte und ging los.

Mrs. Camden ging durch die Halle und sah sich nach einem Münztelefon um. Da entdeckte sie ein schwangeres, junges Mädchen, das an einer Wand lehnte. Tränen rannen ihr über die Wangen, während ein zweites Mädchen, etwa im gleichen Alter, es zu trösten versuchte. Viel Erfolg schien die Freundin jedoch nicht zu haben.

Mrs. Camden warf einen Blick auf das Schild an der Kursraumtür und zog die Stirn in Falten. Sie wollte gerade auf die

Mädchen zugehen, als sie sich plötzlich umwandten und den Raum betraten.

Mrs. Camden blieb zögernd stehen. Dann holte sie tief Luft und folgte ihnen hinein. Sobald sie eintrat, kam eine attraktive Frau auf sie zu.

»Sie sind für ›Mein erstes Kind‹ angemeldet?«

Mrs. Camden lächelte. »Eigentlich nicht«, antwortete sie. »Aber vielen Dank für das Kompliment.«

Nun lächelte auch die andere. »Sie bekommen also ihr zweites Kind?«

»Sechstes und siebtes«, gab Mrs. Camden stolz zurück. »Ich bekomme in ein paar Monaten Zwillinge.«

Die Kursleiterin lachte leise. »Sie sollten bleiben ... als Gastrednerin.«

Mrs. Camden streckte der Frau die Hand entgegen. »Mein Name ist Annie Camden.«

»Shelly James«, antwortete die andere. »Ich habe auch drei Kinder.«

»Eigentlich bin ich nur hier, um meinen Sohn zum Babysitter-Kurs zu bringen«, erklärte Mrs. Camden. »Ich habe diesen Kurs hier nur durch Zufall gesehen.«

»Eine gute Idee, dieser Babysitter-Kurs.« Mrs. James lächelte fast ein wenig bedauernd. »Ich hätte selbst drauf kommen sollen.«

»Mein Sohn wollte unbedingt hin«, fuhr Mrs. Camden fort. »Simon ist der Meinung, dass ihm das in den nächsten Jahren ein Vermögen einbringen wird.«

»Finden Sie es nicht auch einfach wunderbar, wenn die Kinder so weit im Voraus planen?« Mrs. James kicherte. »Meine Zwölfjährige lässt sich schon Unterlagen für verschiedene Medizin-Fachschulen kommen.«

Beide Frauen lachten.

»Entschuldigung.« Hinter ihnen stand ein Paar um die

dreißig und sah sie fragend an. Die Frau war hochschwanger. »Sind wir hier richtig?«

»Wenn ich Sie mir so ansehe, würde ich sagen, ja«, antwortete Mrs. James mit Blick auf die Frau. »Aber gucken wir doch einfach auf Ihre Anmeldung.«

Während sich Mrs. James um die Neuankömmlinge kümmerte, sah Mrs. Camden sich um. In dem Klassenraum saßen hauptsächlich Mädchen unter zwanzig. Einige waren mit ihrer Mutter oder anderen Familienmitgliedern gekommen, andere hatten ihre Freunde dabei, die ebenfalls sehr jung aussahen.

Mrs. Camden furchte die Stirn. »Warum komme ich mir plötzlich so alt vor?«, murmelte sie.

Mrs. James hatte ihre Bemerkung gehört und seufzte. »Wir sind vielleicht älter als diese Mädchen da«, sagte sie mit einem traurigen Lächeln, »aber auch weit klüger. Darauf können Sie sich verlassen.«

Mrs. Camden nickte. Dann entdeckte sie die zwei Mädchen, die sie bereits draußen gesehen hatte. Die Blonde weinte immer noch.

»Hätten Sie Lust, uns als Freiwillige zu helfen?« Mrs. James berührte Mrs. Camden am Arm. »Natürlich nur so lange, wie der Kurs Ihres Sohnes dauert!«

Mrs. Camden warf einen Blick auf das weinende Mädchen und ihre Freundin, die traurig neben ihr stand.

»Ja«, sagte sie und zog ihren Mantel aus. »Ja, das mache ich gerne.«

Mary klappte verärgert ihr Buch zu.

»Also – was geht da ab?«, fragte Lucy. »Plaudern bis die Sonne aufgeht?«

Entnervt warf Mary auch ihren Stift hin. Seit einer halben Stunde versuchte sie zu lernen, doch ganz offensichtlich konnte sie das vergessen, bis ihre Schwester alles über die gemischte Pyjamaparty erfahren hatte.

»Nein«, antwortete Mary schließlich. »Irgendwann schlafen die meisten von uns ein.«

»Und wo?«

Mary verdrehte die Augen. »Wo immer gerade Platz für den Schlafsack ist.«

»Und niemand kriecht in den Schlafsack von einem anderen?«, fragte Lucy skeptisch.

»Nein!« Mary hatte genug. Entschlossen packte sie ihren Stift. »Jetzt reicht es, Lucy, ja? Hör endlich auf!«

»Okay, okay.« Lucy biss sich auf die Lippe. »Aber falls du was mit einem Jungen anfangen wolltest – wann würdest du das denn tun?«

»Auf jeden Fall noch nicht auf der High School«, sagte Mary bestimmt. »Definitiv nicht auf der High School.«

»Und wann dann? Auf dem College?«

»Ich weiß nicht.« Mary hob die Schultern. »Ich denke, ich mache erst dann Pläne fürs College, wenn es so weit ist. Noch bin ich auf der High School, also bleibe ich bei meinen High School-Plänen.«

Lucy beugte sich vor und starrte ihre Schwester eindringlich an. »Wieso willst du nicht warten, bis du verheiratet bist?«

»Wahrscheinlich läuft es darauf hinaus«, antwortete Mary nach einem kurzen Moment. »Andererseits kommt es ja doch immer anders, als man denkt. Wenn ich es mir recht überlege, wird es wohl doch nicht so sein.«

Lucy schluckte. »Wieso?«

»Weil ich mir im Moment einfach nicht vorstellen kann, verheiratet zu sein«, antwortete Mary. »Aber wenn ich davon ausgehe, nicht zu heiraten, könnte mir die Aussicht, ewig zu warten, doch zu lange vorkommen ... und dann begehe ich vielleicht eine Dummheit.«

»Eine Dummheit?« Lucy sah sie irritiert an. »Was für eine Dummheit?«

»Alle Pläne über den Haufen zu werfen, zum Beispiel. Besser plant man nur kurzfristig, das ist realistischer.«

Lucy verdaute erst mal die Worte ihrer Schwester. Als sie den Mund öffnete, um etwas zu sagen, schnitt Mary ihr das Wort ab. »Weißt du zum Beispiel, was ich kurzfristig plane, wenn du dieses Thema jetzt nicht endlich fallen lässt?« Nachdem Lucy den Kopf geschüttelt hatte, fuhr sie fort: »Ich schreie lauthals um Hilfe!«

»Tatsächlich?«, fragte Lucy. »Dann wird aber wohl nur Matt kommen und du wirst ihm erklären müssen, über was wir gerade gesprochen haben.«

Das Telefon neben Lucy klingelte. Sie nahm ab.

»Hallo, Jordan«, sagte sie. »Kleinen Moment, bitte.«

Lucy drückte sich den Hörer an die Brust und sah Mary auffordernd an.

Mary verdrehte genervt die Augen. »Was ist?«

»Ich wäre gern kurz allein.«

Mit einem Seufzen nahm Mary ihr Buch und verließ das Zimmer.

Lucy hielt den Hörer wieder ans Ohr. »Da bin ich wieder. Bist du gerade erst nach Hause gekommen?« Sie war erstaunt, dass Jordan bereits jetzt anrief – er war doch erst vor einer halben Stunde hier gewesen!

»Ich rufe dich nie direkt an, wenn ich gerade nach Hause gekommen bin – dabei würde ich mir ziemlich blöd vorkommen. Meistens laufe ich noch ein Minütchen herum.«

Lucy blickte zur Zimmerdecke. »Ist heute irgendwas Aufregendes passiert?«

»Ja«, antwortete Jordan. »Ich habe beschlossen, diesen Freitag nicht zur Basketball-Pyjamaparty zu gehen. Hast du

Lust, irgendwas zu unternehmen? Ich habe heute mein Geld gekriegt. Wir könnten einen Teil davon gemeinsam verprassen.«

»Das ist doch dein Geld fürs College«, sagte Lucy. Im Stillen war sie erleichtert über seine Entscheidung.

»Ja, schon. Aber ich kann ein bisschen davon erübrigen. Machen wir irgendwas Spannenderes als einen Burger essen und Bowling spielen gehen.«

»Ich hätte nichts gegen Burger und Bowlen«, wandte Lucy ein. »Und du solltest dein Geld wirklich sparen.«

»Okay, okay.« Jordan gab es auf. »Manchmal hörst du dich wie meine Mutter an.«

Jordans unbedachte Bemerkung traf Lucy genau da, wo es weh tat. »Du vergleichst mich mit deiner *Mutter*?«

»Nein, nein, überhaupt nicht«, sagte Jordan hastig. »Ich ... ich hatte nur noch nie eine Freundin, die sich über meine Zukunft Gedanken gemacht hat.«

»Das tue ich, weil ich mir etwas aus dir mache! Was hast du denn vor mir für Freundinnen gehabt?«

Jordan gab keine Antwort. Lucy holte tief Luft. »Jordan«, begann sie. »Würdest du mir eine Frage beantworten? Eine sehr persönliche Frage?«

»Klar«, gab Jordan zurück. »Glaube ich jedenfalls ...«

»Ich werde sie auch nur einmal stellen, also hör mir bitte genau zu.«

»Okay.«

»Und ich will die Wahrheit wissen!«

»Ich bin immer ehrlich zu dir«, sagte Jordan ruhig. »Das weißt du.«

Eine lange Zeit sagte Lucy nichts. Dann fragte sie schließlich: »Hast du schon mal Sex gehabt?«

Das hatte Jordan nicht erwartet. Verdattert und durcheinander schwieg er, während er überlegte, was er sagen sollte.

Lucys Herzschlag beschleunigte sich. »Komm schon!«, sagte sie schließlich. »Ein schlichtes Ja oder Nein genügt.«

Schließlich seufzte Jordan. »Ja. Aber mehr will ich darüber auch nicht sagen.«

»Der Kurs war ein Kinderspiel«, erzählte Simon seinen Eltern. »Meine Puppe war gefüttert, hatte Bäuerchen gemacht und steckte in einer frischen Windel, noch bevor die anderen begriffen hatten, welches Ende sie pudern mussten!« Er lehnte sich gegen die Treppe und verschränkte die Arme vor der Brust.

»Ich weiß jetzt außerdem, wie man Fieber misst und wann eine Wunde genäht werden muss.« Er grinste schelmisch. »Außerdem kann ich jemanden dazu bringen, dass er kotzt.«

Reverend Camden sah ihn entsetzt an. »Wie bitte?«

Mary, die im Wohnzimmer saß, schaute von ihrem Buch auf. »Das glaube ich dir sofort!«

Simon bedachte seine Schwester mit einem strafenden Blick.

Sie zuckte die Schultern. »Das ist eben deine Begabung!«

»Jedenfalls kann ich nicht fassen, dass ich noch drei Donnerstage da hinmuss, um meine Bescheinigung zu bekommen«, fuhr Simon fort.

»Ja. Man sollte doch meinen, dass in einer Stunde alles abgehakt werden kann, was man über die Pflege kleiner Kinder wissen muss«, meinte der Reverend.

Simon nickte. Die Ironie in der Antwort seines Vaters war ihm vollkommen entgangen. »Ja, oder?«

»Jedenfalls wird es schön sein, dich als Hilfe zu haben, wenn die Zwillinge geboren sind«, meldete sich Mrs. Camden zu Wort.

»Oh, tut mir Leid, Mom«, sagte Simon. »Ihr könnt euch mich nicht leisten.«

Während er den Raum verließ, wandte sich Reverend Camden zu seiner Frau um. »Zahlen wir den Babysitter-Kurs oder tut er es?«

»Er.«

Der Reverend schüttelte traurig den Kopf. »Dann müssen wohl in Zukunft wir zahlen.«

Ich dachte, ich kenne ihn. Aber ich habe mich geirrt, dachte Lucy. Und wie ich mich geirrt habe.

Sie schlug ihr Mathebuch auf und versuchte, sich zu konzentrieren. Doch ihre Gedanken kehrten immer wieder zu dem Telefongespräch zurück.

Ich hätte es wissen müssen. Er sieht gut aus, ist beliebt und älter als ich. Warum soll er nicht auch ... Erfahrung haben?

Sie klappte das Buch wieder zu. Wieso regte sie sich nur so darüber auf? Vielleicht, weil Jordan eine andere Freundin so viel bedeutet hatte, dass er mit ihr hatte schlafen wollen? Vielleicht weil es sie insgeheim kränkte, dass er es bei ihr noch nicht versucht hatte?

Dann fiel ihr plötzlich wieder die Pyjamaparty ein. Trotz allem, was Mary ihr gesagt hatte – Lucy war sich nicht sicher, ob ihre Schwester wirklich vollkommen aufrichtig gewesen war. Mary hatte angeblich Pläne für die High School, an die sie sich halten wollte und in denen Sex nicht vorkam. Aber stimmte das?

Sie war eigentlich immer diejenige gewesen, die Pläne gemacht hatte, dachte sie. Mary entschied sich gewöhnlich spontan!

In diesem Moment betrat Mary das Zimmer und ließ ihre Bücher auf den Tisch plumpsen. Lucy öffnete hastig ihr Buch und tat, als ob sie versuchte, eine Matheaufgabe zu lösen.

Mary war überrascht, dass Lucys Telefonat mit Jordan bereits zu Ende war. Und etwas an Lucys Körperhaltung verriet ihr, dass das Gespräch irgendein Problem aufgeworfen hatte.

Na ja, dachte sie. Geht mich ja nichts an. Fragen würde sie sie bestimmt nicht.

Sie ließ sich aufs Bett fallen und nahm sich eine von Lucys Zeitschriften. Lustlos blätterte sie die Seiten durch, bis sie aufgab und das Magazin weglegte. Es war ihr ein Rätsel, wie ihre Schwester sich diesen Unsinn über Schminktechniken und die beste Strategie, sich einen Traumboy zu angeln, immer wieder reinziehen konnte.

Wenn Mary etwas Spannendes lesen wollte, nahm sie sich gewöhnlich die Tageszeitung und blätterte zu den Sportnachrichten. Aber Lucy war immer schon anders gewesen. Sie stand auf Modezeitschriften, die sich auf Schönheit, Jungs und diverse andere Oberflächlichkeiten konzentrierten.

Was Dinge waren, für die Mary sich entweder gar nicht interessierte – wie Mode und Kosmetik – oder die ihr ohnehin zuflogen – wie das Interesse der Jungs. In ihren Augen waren Jungs eben Jungs – keinesfalls irgendwelche mysteriösen Wesen. Man konnte Spaß mit ihnen haben und sich manchmal sogar gut mit ihnen unterhalten, aber mehr war da nicht.

Eine andere Sache, die Mary ausgesprochen seltsam fand, war die Tatsache, dass Lucy immer wieder auf ältere Typen flog. Was war an denen so reizvoll?

Andererseits, was ging es sie an? Mary schüttelte leicht den Kopf. Was immer Lucy denkt, ist wahrscheinlich sowieso ziemlich dämlich, schloss sie.

»Du hättest die Kursteilnehmerinnen sehen müssen«, sagte Mrs. Camden, während sie die Treppe hinaufging. »Als ich hereinkam, hob sich der Altersdurchschnitt drastisch.«

»Teenager-Mütter sind ein großes Problem«, sagte Reverend Camden. »Es ist schlimm, wenn Kinder Kinder bekommen.«

»Und dann diese beiden Mädchen –«

»Barbara und Cassandra.«

Mrs. Camden nickte. »Genau. Die Mädchen, von denen ich dir schon auf der Rückfahrt erzählt habe. Sie wirken so unschuldig, so zerbrechlich. Sie haben keine Ahnung, was da auf sie zukommt. Und wenn das Baby da ist, sind sie erst einmal vollkommen unvorbereitet.«

Reverend Camden sah seine Frau besorgt an. »Was kann ich tun, um ihnen zu helfen?«

»Woher wusstest du, dass ich dich um deine Hilfe bitten würde?«

Reverend Camden lächelte. »Weil ich dich inzwischen doch ganz gut kenne, Annie Camden.«

Mrs. Camden lachte und drückte ihren Mann an sich.

»Ich habe Barbara und Cassandra für morgen eingeladen«, sagte sie schließlich. »Ich zeige ihnen, wie man eine vegetarische Mahlzeit zubereitet, die gestreckt als Babynahrung verfüttert werden kann. Aber keine Sorge.« Mrs. Camden grinste. »Dafür brauche ich dich nicht.«

Auch er musste wieder lächeln. »Auf welche Aufgabe darf ich mich dann vorbereiten?«

»Ich habe überlegt, ob du Cassandras Freund dazu bringen könntest, auch in den Kurs zu kommen.«

Der Reverend schüttelte zweifelnd den Kopf.

»Er soll sie ja nicht heiraten«, fügte Mrs. Camden rasch hinzu.

»Ja, ich weiß, aber –«

»Sie will doch nur, dass er bei der Geburt des Babys dabei ist«, fuhr Mrs. Camden unbeirrt fort. »Sie hat keine Familie mehr.«

Der Reverend dachte einen Moment nach, dann nickte er. »Ich werde mein Bestes geben.«

Mrs. Camden lächelte und küsste ihn.

Mr. Camden zwinkerte seiner Frau zu. »Kann es sein, dass du mich bestechen willst?«

Mrs. Camden schüttelte den Kopf.

»Erst die frisch gebackenen Kekse, dann die vielen Küsse ...«, neckte er sie.

Sie stieß ihn weg. »Sehr komisch.«

Reverend Camden wurde wieder ernst. »Gibt es noch was, was ich tun soll, abgesehen von ... na ja, was ich eben tun soll?«

»Weißt du noch, wie du im Gemeindezentrum nach dem Wasserspender gesucht hast?«

Der Reverend nickte.

»Na ja, als du weg warst, habe ich mich mit Barbaras Freund unterhalten – dieser nette Kerl mit dem komischen Hut ...«

Der Reverend nickte wieder. »Er heißt Sam.«

»Sam, genau. Ich habe ihm mehr oder weniger versprochen, dass du ihm helfen würdest, einen Job zu finden.«

Camden dachte einen Moment nach. »Hat er einen High School-Abschluss?«

Sie schüttelte traurig den Kopf.

»Irgendeinen anderen Abschluss?«

Wieder schüttelte sie nur den Kopf.

»Irgendein herausragendes Talent?«

Mrs. Camden seufzte. »Keins.«

Noch blickten die Augen des Reverends zuversichtlich. »Aber er hat wenigstens kein Vorstrafenregister, oder?«

»Na ja ...« Mrs. Camden sah nicht glücklich aus. »Da ist was. Unerlaubter Besitz von ... irgendwas. Ich bin nicht so genau informiert.«

»Diebstahl? Drogen? Waffen?«, wollte Reverend Camden wissen.

»Eric! Ich habe diese Leute gerade erst kennen gelernt! Ich kann sie doch nicht über ihr ganzes Leben ausfragen!«

Camden lächelte etwas müde. »Nein, stimmt«, murmelte er. »Das ist ja mein Job!«

Mrs. Camden nickte zustimmend. »Genau. Wir – ich meine die Mädchen und ich – werden zum Abendessen im Billardcafé auftauchen.«

Der Reverend verstand. »Wo ihr dann mich, Sam und den anderen Jungen treffen werdet.«

»Es sind Jugendliche«, sagte Mrs. Camden fast ein wenig entschuldigend. »Sie gehen bestimmt gern aus.«

»Zumindest dann, wenn sie wie unsere sind.«

»Ich wusste, dass du es verstehen würdest.«

»Du kennst mich eben.«

Simon machte sich gerade bettfertig, als Ruthie in sein Zimmer kam. Sie hielt zwei Puppen umklammert.

»Wie war dein Kurs?«, fragte sie.

Simon grinste. »Na ja, ich will ja nicht angeben –«

»Heute nicht?«

Simon verdrehte die Augen. »Was willst du?«, fragte er.

Ruthie setzte ihm die beiden Puppen auf den Arm. »Macht es dir was aus, auf Amy und Zin-Zin aufzupassen? Ich brauche ein bisschen Zeit für mich.« Ruthie zeigte auf die eine Puppe. »Amy hat eine Milchunverträglichkeit«, erklärte sie. Dann wies sie auf die andere. »Und Zin-Zin ist gegen Erdbeeren allergisch. Also pass auf, was du ihnen als Betthupferl gibst.«

Simon warf die Puppen aufs Bett und streckte Ruthie die offene Hand entgegen. »Ich bin jetzt ein Profi, wie du weißt. Profis arbeiten nicht umsonst.«

Ruthie stemmte entrüstet die Hände in die Hüften. »Eine läppische Stunde und schon verlangst du Geld?«

Aber Simon ließ sich nicht erweichen. »Zwei Dollar! Pro Stunde. Und Kind!«

Ruthie kramte umständlich in der Tasche ihrer Schlafanzughose. Schließlich reichte sie Simon einen Schein.

»Kannst du einen Zwanziger wechseln?«, fragte sie.

Simon sah sich den Schein in seiner Hand an. Es war Geld aus dem Monopoly-Spiel.

»Das Geld ist nicht echt«, stellte er fest.

Ruthie kam näher und bedeutete ihm, dass sie ihm etwas ins Ohr flüstern wollte. »Die Babys auch nicht«, wisperte sie.

Simon nahm die Puppen und drückte sie ihr in den Arm. »Schlaf gut und raus!«

Ruthie sah ihn betroffen an. »Einen Scheck!«, sagte sie. »Nimmst du auch einen Scheck?«

»Nein!«, fauchte Simon und zeigte zur Tür. Ruthie verschwand hastig.

»Da will man es in diesem Haus zu etwas bringen«, knurrte er, »und wird noch nicht mal ernst genommen!«

3

Der Freitag begann früh im Haus der Camdens. Das Privattelefon des Reverends klingelte um sechs und Mrs. Camden stand auf, um das Frühstück vorzubereiten.

Um halb sieben kam Reverend Camden aus der Dusche und zog sich an. »Bist du vorhin ans Telefon gegangen?«

Der Reverend nickte. »Es war Lou.«

»Und was will unser geschätzter Diakon so früh am Morgen von dir?«

Reverend Camden seufzte traurig. »Mrs. Dallion hat ihren Mann verloren.«

»Oh, nein! Die arme Betsy.«

»Lou wird gleich hier sein, um mich abzuholen«, fuhr der Reverend fort. »Wir fahren zu ihr rüber, um die nötigen Formalitäten in die Wege zu leiten und ihr hoffentlich etwas Trost zu spenden.«

»Kann ich helfen?«

»Danke, aber wir kommen schon klar«, gab Reverend Camden zurück. »Allerdings werde ich die Kinder nicht zur Schule fahren können.«

»Kann das nicht Matt machen?«, fragte Mrs. Camden.

»Er ist gerade gegangen. Soviel ich weiß, hatte er sehr früh eine Übungsstunde für eine Klausur.«

Mrs. Camden zögerte unschlüssig. »Da wäre immer noch Mary ...«

»Mary?« Einen Moment lang war Reverend Camden verwirrt. »Oh, stimmt ja. Wie ist die Fahrprüfung denn gelaufen?«

»Sie hat bestanden.« Mrs. Camden lächelte.

Reverend Camden gab sich keine Mühe, seine Überraschung zu verbergen. »Wie das denn?«

Mrs. Camden hob die Schultern. »Keine Ahnung. Aber sie hat es geschafft!«

»Hat sie nicht rückwärts einparken müssen?«

»Das war das Erste, was ich sie gefragt habe. Sie meinte schon.«

»Aber das ist doch unmöglich!« Der Reverend schüttelte den Kopf. »Ihr Fahrlehrer hat mir gesagt, dass sie ein hoffnungsloser Fall sei! Er meinte sogar, wir sollten Happy und die Kleinen im Haus einsperren, falls Mary auf den Gedanken kommen würde, das Einparken hier draußen zu üben!«

Mrs. Camden zuckte erneut die Schultern.

»Mary hat also wirklich und wahrhaftig einen Führerschein«, sagte der Reverend ungläubig. »Sie darf also ganz *legal* unser Auto ohne unser Beisein fahren?«

»Genau.«

Reverend Camden konnte es noch immer nicht fassen. »Dir ist ja wohl klar, dass von nun an die Welt nicht mehr so sein wird, wie wir sie gekannt haben, oder?«

Mrs. Camden nickte lachend. »Ich weiß, zuerst ist es ein Schock, aber man gewöhnt sich an den Gedanken!«

»Mary! Lucy! Simon! Ruthie!«

Einen Moment später taumelten die Kinder die Treppe hinunter. Sie waren zwar alle einigermaßen wach, aber noch keines war angezogen.

Mary rieb sich noch den Schlaf aus den Augen. »Was ist denn los?«

»Wir dachten, dass deine erste Tour als lizenzierte Fahrerin zur Schule führen könnte«, verkündete Mrs. Camden.

Mary und Lucy tauschten nervöse Blicke aus.

»Herzlichen Glückwunsch übrigens«, sagte ihr Vater. »Ich hab's gerade erst erfahren.«

»Danke«, antwortete Mary ohne Begeisterung. »Aber ich weiß wirklich nicht ... ich bin, glaube ich, noch nicht so weit, irgendwo hinzufahren.«

»Sei nicht albern!«, erwiderte Mrs. Camden. »Dazu bekommt man doch seine Fahrerlaubnis – um überall hinzufahren!«

Mary trat voller Unbehagen von einem Fuß auf den anderen. Simon und Ruthie ließen sich augenblicklich von ihrer Unruhe anstecken.

»Außerdem sind es höchstens drei Meilen!«, fuhr Mrs. Camden fort. »Und du kennst die Strecke ja schließlich in- und auswendig. Du machst das schon!«

»Kann Dad nicht –«

Ein lautes Hupen unterbrach Mary.

»Das ist Lou«, sagte der Reverend und ging zur Tür. »Ich muss los.« Und bevor Mary noch etwas sagen konnte, war er fort.

»Du schaffst das bestimmt, Mary«, sagte Mrs. Camden noch einmal.

»Im Übrigen ist der Parkplatz wirklich riesig ...«, meldete sich Lucy zu Wort.

Mary warf ihrer Schwester einen scharfen Blick zu. »Was soll das heißen?«

Lucy blickte schnell zu Boden. »Oh, nichts«, murmelte sie.

Entnervt hob Mary die Hände. »Okay, okay! In Ordnung! Ich fahre sie zur Schule!«

Mrs. Camden warf ihr die Schlüssel zu. »Danke, Schatz. Ich wünsche euch einen schönen Tag.« Schon wandte sie sich wieder um und kehrte in die Küche zurück, um Ruthie das Frühstück zu machen.

»Hey, Matt!«, rief Ben. »Warte mal, Mann!«

Matt drehte sich um und sah Ben auf sich zulaufen. Beide Jungs hatten eine Videokamera dabei.

»Hast du die Kamera auch von der Filmabteilung geliehen?«, wollte Ben wissen.

Matt nickte. »Ja. Aber ich weiß noch nicht so genau, was ich damit anstellen soll.«

Ben sah ihn verdutzt an. »Hast du etwa noch nicht angefangen?«

Matt verdrehte verärgert die Augen. »Ich kann doch nicht der Einzige aus dem Kurs sein, dem noch nichts zum Thema Sexualität eingefallen ist.«

»Doch«, gab Ben zurück. »Ich bin mit meinem Video so gut wie fertig.«

Matt starrte ihn ungläubig an. »Du machst Witze.«

Ben schüttelte den Kopf. »Tut mir Leid, dass ich dich enttäuschen muss, Camden. Aber ich bin tatsächlich fast fertig.«

»Und was hast du dir als Thema ausgesucht?«

»Ich habe deine Eltern zu deiner Kindheit befragt!«

»Ha ha«, sagte Matt. »Sehr komisch.«

»Ich habe einfach ein paar Typen in die Kamera gucken und ihre besten Anmachsprüche aufsagen lassen«, sagte Ben.

»Was für ein lauer Job«, murmelte Matt.

»Dieses Wochenende sollen die Mädels was zu den Sprüchen sagen«, fuhr Ben fort. »Es könnte interessant werden, denn manche Sprüche sind lustig, manche wirklich gefühlvoll, aber andere auch wieder völlig platt.«

»Klingt toll«, meinte Matt.

»Zum Schluss wird meine Schwester noch sagen, dass Männer Frauen überhaupt nicht zu irgendetwas überreden können, weil Frauen ihren eigenen Willen haben.« Ben grinste stolz.

»Ich wünschte, mir würde nur etwas halb so Interessantes einfallen«, sagte Matt sehnsüchtig.

»Danke.« Ben klopfte Matt freundschaftlich auf die Schulter. »Ich muss jetzt los. Viel Glück mit deinem Projekt!«

Matt schüttelte den Kopf und setzte seinen Weg über den Campus fort. Er musste gleich eine Arbeit in Wirtschaftswissenschaften schreiben und hatte keine Zeit, sich über das Projekt Gedanken zu machen.

Lucy und Simon kletterten in den Kombi der Familie und stritten sich wie üblich, wer wo sitzen würde. Allerdings zankten sie sich gewöhnlich darum, wer vorne Platz nehmen durfte. Doch mit Mary als Fahrerin drängte es beide nach hinten, wo aber nur für einen Platz war, weil Reverend Camden die Rückbank mit einigen Sachen fürs Gemeindezentrum beladen hatte.

»Werfen wir eine Münze«, schlug Simon vor.

»Okay. Ich nehm Kopf!«

Die Münze fiel auf Zahl und Lucy setzte sich nervös nach vorne neben ihre große Schwester.

»Schnall dich bloß an«, tönte Simon vom Rücksitz. »Du sitzt auf dem Platz, den die Versicherungen so gerne ›Todessitz‹ nennen. Unfälle gehen für die Beifahrer weit öfter tödlich aus als für alle anderen Insassen.«

Lucy blickte durch die Windschutzscheibe, dann zu Mary.

»Sag jetzt bloß nichts«, warnte Mary sie. »Es wird nichts passieren.«

Lucy schluckte und nestelte an dem Verschluss ihres Gurtes herum. Es wollte ihr einfach nicht gelingen, sich anzuschnallen.

»Mach schon«, sagte Mary. »Sonst kriege ich keinen Parkplatz mehr.«

»Du kannst doch immer noch an der Straße parken«, sagte Simon. Mary wandte sich um und warf ihm einen vernichtenden Blick zu.

Simon riss die Augen auf. »Oder auch nicht«, murmelte er.

Endlich startete Mary den Motor. Lucy kämpfte gegen den Drang an, die Hände vors Gesicht zu schlagen.

Das Leben ist wirklich grausam, dachte Lucy. Ich muss sterben, ohne je etwas mit einem Jungen gehabt zu haben!

Mrs. Camden und Ruthie standen an der Hintertür und sahen dem Auto hinterher.

»Glaubst du, sie schaffen's, Mom?«, fragte Ruthie.

Mrs. Camden lachte. »Selbstverständlich. Und jetzt mach dich fertig, sonst verpasst du den Bus.«

Während Ruthie zurück ins Haus lief, sah Mrs. Camden, wie der Kombi hinter einer Kurve verschwand. »Selbstverständlich schaffen sie's«, flüsterte sie nervös.

Trotz Lucys Ängsten kamen sie ohne Schwierigkeiten an der Walter Reed High School an. Dort verabschiedete sie sich von Mary und verschwand hastig in der Menge.

Irgendwann am Vormittag entdeckte Mary Lucy und Jordan, die im Flur miteinander sprachen. Mary lehnte an ihrem Spind und beobachtete die beiden eine Weile. Seltsam, ihr fiel plötzlich auf, wie wenig sie über Jordan wusste. Sie hatten sich zwar schon oft unterhalten, aber eigentlich kannte sie ihn gar nicht.

Mary musste zugeben, dass Jordan gut aussah. Gleichzeitig hatte sie aber ein schlechtes Gewissen, dass sie den Freund ihrer Schwester taxierte, als wäre er noch zu haben.

Noch immer unterhielten Lucy und Jordan sich. Plötzlich sah Mary genauer hin. Ihre Schwester schien sich offenbar über irgendetwas aufzuregen. Mary setzte sich in Bewegung und ging auf die beiden zu.

Als sie nur noch ein paar Schritte von ihnen entfernt war, hörte sie, was die beiden sprachen.

»Sag mir doch, wann es gewesen ist«, sagte Lucy gerade. »Oder besser noch, wer. War es jemand von der Schule?«

Jordan warf den Kopf zurück. Es war nicht zu übersehen, wie unangenehm ihm das Gespräch war.

»Oh, warte mal!« Lucy klang plötzlich schrill. »War es etwa mehr als nur eine?«

Jordan stöhnte. »Na, klar. Es war die halbe Schule. Ich hatte einen kompletten Harem!«

»War es da, wo du früher gewohnt hast? Bevor du hierher gezogen bist?«

»Nein!«, erwiderte Jordan gereizt. »Wie wäre es, wenn du jetzt einfach damit aufhörst? Mir tut es inzwischen schon richtig Leid, dass ich dir die Wahrheit gesagt habe.«

»Aber –«

»Lassen wir's gut sein, ja?«

Lucy warf ihr Haar zurück und sah Jordan prüfend an. Einen Moment später ging sie ohne ein weiteres Wort davon. Mary beeilte sich, ihre Schwester einzuholen.

»Ich habe deine Auseinandersetzung mit Jordan mitbekommen«, sagte sie.

Lucy sah sie scharf an.

»Ich schätze mal, dass die ganze Schule sie mitbekommen hat«, setzte Mary hinzu.

»Es macht mich noch wahnsinnig«, platzte es aus Lucy heraus. »Ich muss einfach wissen, wer –«

»Ich denke, du solltest die Sache erst mal eine Weile ruhen lassen«, unterbrach Mary sie. »Ich kenne Jordan zwar nicht sehr gut, aber ich glaube, dass er irgendwann Schluss macht, wenn du ihn weiterhin löcherst!«

»Was?«, rief Lucy. Zornig stemmte sie die Hände in die Hüften. »Um dann mit dir zusammenzukommen?«

Mary sah sie verdattert an. »Was meinst du denn damit?«

Betreten sah Lucy zu Boden. »Tut mir Leid«, murmelte sie. »Ich bin ein bisschen aufgebracht.«

Sie lehnte sich neben ihre Schwester an die Reihe der Spinde. Beide beobachteten, wie Jordan sich mit einem hübschen Mädchen aus dem letzten Jahr zu unterhalten begann. Lucy seufzte.

»Ich frage mich wohl einfach nur, warum er überhaupt mit mir zusammen ist«, meinte sie schließlich.

»Wie soll ich das verstehen?«, fragte Mary.

»Na ja, wahrscheinlich überlegt er jedes Mal, wenn er mich küsst, was ich jetzt wieder alles falsch mache.«

Mary sah ihre Schwester an, wusste jedoch nicht, was sie dazu sagen sollte.

»Er ist anscheinend schon viel erfahrener, als ich dachte«, fuhr Lucy fort.

»Na und?«

»Na ja, ich frage mich eben, wieso er ausgerechnet mit mir zusammen ist. Und warum er noch nie irgendwas probiert hat!«

Mary lächelte. »Vielleicht weil Jordan wirklich was an dir liegt und er dich respektiert?«

Lucy zuckte die Achseln. »Ja. Vielleicht findet er mich aber einfach auch total unattraktiv.«

»Hey, Lucy?«

»Ja?«

»Wie ist denn das Wetter so bei euch in Oberdeppenstadt?«

Lucy ignorierte den Spruch. Noch immer beobachtete sie Jordan und das Mädchen. Lucy entging nicht, wie das Mädchen die Hand ausstreckte und Jordan am Arm berührte, während er über eine ihrer Bemerkungen lachte.

»Vielleicht sollte ich den Test machen. Ob er mich wirklich attraktiv findet«, sagte Lucy nachdenklich.

»Was?«

Lucy sah ihre Schwester nicht einmal an. »Du hast mich sehr gut verstanden«, sagte sie ruhig.

»Ja, stimmt, habe ich.« Mary schüttelte leicht den Kopf. »Aber meinst du wirklich das, was ich denke, dass du es meinst?«

Lucy hob die Schultern, ohne ihren Blick von Jordan zu lassen.

Mary begann zu lachen. »Vergiss es.«

»Was ist daran so lustig?«, fragte Lucy gereizt. »Es ist ja wohl ganz normal, wenn man wissen will, ob der Freund sich wirklich für einen interessiert, oder? Fragst *du* dich nicht manchmal, wie die Jungs dich finden?«

»Oh, bitte, lass mich aus dem Spiel, ja? Außerdem spricht einiges dagegen, deinen Freund auf die Probe zu stellen.«

»Aha? Und was zum Beispiel?«

Mary hob einen Finger. »Erstens ist er erst dein zweiter Freund nach Jimmy Moon.« Ein zweiter Finger erschien. »Zweitens bist du noch nicht lange mit ihm zusammen. Und drittens – du bist noch ein Kind!«

»Wie bitte?«

»Ein Kind, ja«, wiederholte Mary. »Du bist viel zu jung, um mit Jordan zu schlafen.« Mary sah ihre Schwester eindringlich an, dann ging sie davon und ließ Lucy stehen.

»Ob es dir gefällt oder nicht, große Schwester«, flüsterte Lucy wütend. »Ich werde herausfinden, ob Jordan mich wirklich will ...«

Die Schule war aus, Mary hatte ihre Geschwister wieder nach Hause gefahren. Als sie durch die Hintertür in die Küche getreten waren, rannte Lucy augenblicklich die Treppe zu ihrem und Marys Zimmer hinauf. Simon stürzte sich derweil auf die Keksdose und bediente sich.

»Hier, deine Schlüssel«, sagte Mary und reichte ihrer Mutter den Bund.

»Du wirkst ziemlich bedrückt«, meinte Mrs. Camden. »Ist es denn nicht wenigstens ein bisschen aufregend, dass du jetzt selbst fahren darfst?«

Mary zuckte die Achseln. »Nicht wirklich, nein. Ich weiß sowieso nicht, was daran so besonders sein soll.«

»Ich denke, du hast deinem Führerschein seit einem halben Jahr entgegengefiebert?«, fragte Reverend Camden, der gerade durch die Hintertür kam.

»Tja, aber jetzt ist es nichts Besonderes mehr, okay?«

Mrs. Camden sah ihre Tochter neugierig an. »Und warum nicht, Schatz?«

»Weil es einfach so ist, okay?«, fauchte Mary gereizt.

Mrs. Camden sah ein, dass es besser war, das Thema im Augenblick fallen zu lassen. »Na gut«, sagte sie sanft.

Mary schlug die Hände vor die Augen und stürmte aus der Küche. Mr. und Mrs. Camden sahen ihr verdattert hinterher.

Schließlich räusperte Reverend Camden sich. »Das sah ja aus, als ob sie ...«

»Weinte«, beendete Mrs. Camden den Satz.

»Weinte sie oder tat sie als ob sie weinte?«

»Keine Ahnung«, antwortete Mrs. Camden.

»Ich frage mich ...« begann ihr Mann nachdenklich.
»Ich auch«, murmelte Mrs. Camden. »Ich auch.«

Lucy, die sich gerade umgezogen hatte, fuhr erschreckt zusammen, als Mary in das Zimmer stürmte.

»Weinst du?«, fragte Lucy.

Mary wischte sich das Gesicht mit dem Handrücken ab. »Nein.«

»Sieht aber ganz so aus«, bemerkte Lucy.

Erst jetzt sah Mary, dass Lucy einen superknappen Rock trug. »Ich glaube, ich sage dir besser nicht, wie du in dem Ding da aussiehst.«

Lucy blickte kurz in den Spiegel, dann wieder zu ihrer Schwester. »Was willst du damit bezwecken?«

»Bezwecken? Was? Womit?«, fragte Mary.

»Mit deinen Tränen.«

Mary seufzte. »Mom und Dad haben mich zu meiner ersten Autofahrt ausgefragt«, erklärte sie. »Da bin ich ausgerastet.«

»Einfach so? Mal eben?«

»Ja.«

Lucy sah sie misstrauisch an. »Ich glaub dir kein Wort. Wenn *ich* in Tränen ausbreche, dann aber richtig und mit Grund.«

Mary hob die Faust. »Brauchst du einen Grund, um mal wieder richtig in Tränen auszubrechen?«

Erneut warf Lucy einen Blick in den Spiegel. »Nein. Aber schönen Dank trotzdem. Vielleicht ein andermal.«

Lucy beobachtete im Spiegel, wie Mary sich die restlichen Tränen abwischte. »Ich habe ein Ungeheuer geschaffen«, murmelte sie.

Matt betrat das Haus durch die Hintertür und stellte die Videokamera auf den Küchentisch.

»Hast du jetzt zu Filmwissenschaften gewechselt?«, fragte Mrs. Camden.

Matt schüttelte den Kopf. »Nein. Das ist für den Kurs zur Sexualität. Ich soll eine Präsentation zum Thema Sex machen.«

»Klingt ... interessant«, bemerkte Mrs. Camden.

»Entspann dich, Mom.« Matt grinste. »Es geht nur darum, Leute zu befragen. Nichts weiter.«

»Na gut. Aber könntest du mir wohl einen Gefallen tun und zum Supermarkt fahren, bevor du deinen ersten Dokumentarfilm drehst?« Mrs. Camden reichte ihm eine Einkaufsliste.

»Ich bin doch gerade erst nach Hause gekommen!«, protestierte Matt. »Kann Dad nicht fahren?«

»Er musste dringend weg. Notfall«, erwiderte Mrs. Camden. »Und später hat er ein Gespräch mit zwei Jugendlichen in Schwierigkeiten.«

»Mary und Lucy?«

Mrs. Camden musste lachen. »Das ist nicht witzig!«

»Aber im Ernst, Mom«, wandte Matt ein. »Warum kann Mary denn nicht fahren? Ich meine, sie hat doch jetzt schließlich ihren Führerschein!«

Mutter und Sohn sahen sich an. Dann nickten beide. »Weil sie nicht rückwärts einparken kann!«, sagten beide gleichzeitig.

Matt blickte resigniert auf die Liste. »Hier steht ja nur Grünzeug drauf.«

»Stell meinen Einkauf bitte nicht in Frage«, sagte Mrs. Camden. »Besorg die Sachen einfach. Hier ist Geld ... und ich hätte gerne etwas Wechselgeld zurück!«

»Klar, Mom.« Matt wandte sich zum Gehen. »Und wann grasen wir zu Abend?«

»Ha ha. Sehr lustig!« Mit diesen Worten schob Mrs. Camden ihren Sohn zur Tür hinaus.

Lucy klappte ihr Buch zu und räusperte sich.

»Was jetzt wieder?«, fragte Mary genervt.

»Darf ich einen kindlichen Vorschlag machen?«

»Von denen habe ich in letzter Zeit schon genug gehört.«

»Ich finde, du solltest lernen, wie man einparkt, und dann die Prüfung noch einmal machen.«

Mary drehte sich um. »Und warum? Weil du mir einen sauschlechten Rat gegeben hast?«

»Ja, auch«, gab Lucy zu. »Aber auch, weil du dich entschlossen hast, diesem Rat zu folgen. Das war ja wohl nicht besser. Zumal ich von echten Tränen gesprochen habe.«

»Echt, unecht«, sagte Mary. »Wo ist der Unterschied? Es kommt ja auf dasselbe raus.«

»Aber als ich gesagt habe, du solltest es mit Tränen versuchen, bin ich davon ausgegangen, dass dir zum Heulen zu Mute sein würde«, wiederholte Lucy. »Falsche Tränen sind eine echte Lüge. Und du solltest das nicht zur Gewohnheit werden lassen, sonst kannst du nachher nicht mehr anders.«

Mary blinzelte. Ihre Schwester klang richtig ... vernünftig!

»Oh, ich kann schon jetzt nicht mehr anders«, sagte Mary, »aber damit meine ich nicht die Sache mit den Tränen!« Im gleichen Moment stürzte sie auf Lucy zu und riss sie auf das Bett. Lucy wehrte sich nach Kräften gegen ihre große Schwester, doch die hielt sie fest, bis sie beide mit einem lauten Rumms zu Boden gingen.

Einen Moment später flog die Tür auf. Mrs. Camden stand mit verschränkten Armen auf der Schwelle und starrte ihre Töchter wortlos an. Mary und Lucy kamen hastig auf die Füße und taten, als sei nichts gewesen.

Mrs. Camden starrte sie nur weiterhin an.

»Kann mir jemand erklären, was hier los ist?«, fragte sie.

Mary brach in Tränen aus.

4

Ich weiß auch nicht, was mit mir los ist«, schluchzte Mary. Sie hatte die Hände vor ihre trockenen Augen gelegt und gab sich alle Mühe, Tränen zu produzieren. Als sie erkannte, dass es ihr nicht gelingen würde, beschloss sie, dieses Defizit mit noch lauterem Schluchzen zu kompensieren.

Mrs. Camden ging zu Mary und nahm sie in den Arm. Über ihre Schulter hinweg warf sie Lucy einen Blick zu, doch ihre jüngere Tochter zuckte nur die Achseln und wandte sich ab.

»Möchtest du darüber reden, Mary?«, fragte Mrs. Camden leise.

Mary schüttelte den Kopf und vergrub ihr Gesicht an der Schulter ihrer Mutter.

»Es liegt bestimmt nur an der ganzen Aufregung in dieser Woche.« Sie schniefte vernehmlich. »Irgendwie macht es mir Angst, jetzt einen Führerschein zu haben – ich meine, wer fährt, trägt eine große Verantwortung.«

»Das ist wahr.« Mrs. Camden streichelte ihr sanft übers Haar. »Vielleicht war das wirklich alles ein bisschen viel. Du bist erschöpft!«

Mary nickte. Sie machte sich von ihrer Mutter los, ließ die Hände aber vor dem Gesicht.

»Leg dich doch ein bisschen hin«, schlug Mrs. Camden vor.

»Aber Mom«, wimmerte Mary und wischte sich mit theatralischer Geste die Augen. »Es ist gerade sechs Uhr.«

»Ich weiß. Aber ein bisschen Schlaf kann Wunder wirken.«

»Aber ich will doch heute Abend zu der Basketball-Pyjamaparty.«

»Ein Grund mehr, jetzt ein Nickerchen zu machen. Dann bist du nachher frisch und munter.«

Mrs. Camden winkte Lucy. »Komm, lassen wir deine Schwester ein wenig allein.«

»Aber, Mom«, protestierte Lucy. »Ich muss noch lernen und mich außerdem fertig machen. Ich bin doch mit Jordan verabredet!«

»Für beides ist nachher noch genug Zeit«, sagte Mrs. Camden. »Jetzt komm.«

Lucy hob resigniert die Schultern. »Dann lass mich noch eben meine Bücher holen.«

Mrs. Camden nickte und verließ das Zimmer. Während Lucy ihre Schulbücher zusammensuchte, blickte sie zu Mary hinüber.

»Sag jetzt bloß nichts«, warnte ihre große Schwester.

Lucy öffnete den Mund, entschied sich aber schließlich anders und schwieg. Sie nahm ihre Bücher, ihr Nähetui und den schwarzen Rock und verließ das Zimmer.

Matt kam mit den Tüten voller Gemüse durch die Hintertür hinein und stellte seine Last auf der Küchentheke ab.

»Kein Wechselgeld«, sagte er. »Möhren und grüne Bohnen waren im Angebot, also habe ich die doppelte Menge gekauft. Es lohnt sich, Vorräte anzulegen.«

Mrs. Camden lächelte. »Wenn dein Vater nur immer so weit vorausdenken würde, wenn er einkaufen geht.«

»Tja, wenn mir nicht bald eine Idee für das Projekt einfällt, werde ich Gemüsehändler statt Collegeabsolvent!«

»Oh, ich kann mir nicht vorstellen, dass es soweit kommt«, kommentierte Mrs. Camden.

Matt starrte eine Weile ins Leere, bevor er sich wieder zu seiner Mutter umwandte. »Ich brauche eine Inspiration«, flüsterte er.

»Versuch's mal hiermit.« Seine Mutter reichte ihm einen Teller mit frisch gebackenen Keksen und ein Glas Milch.

Matts Gesicht hellte sich auf. »Danke, Mom. Ich leg jetzt mal los – und bitte nicht stören!«

»Jawoll, Mr. Camden.« Mrs. Camden salutierte zackig. »Ich werde niemanden zu Ihnen durchstellen.«

Mrs. Camden hatte das Gemüse gerade im Kühlschrank verstaut, als Ruthie und Simon in die Küche kamen. Sie beobachtete aus dem Augenwinkel, wie sie in die große Dose griffen und die letzten beiden Kekse nahmen.

»Wo sind denn die anderen Kekse?«, fragte Simon. »Ich habe doch vor einer halben Stunde noch gerochen, dass du frische gemacht hast.«

»Ich wollte sie aufbewahren«, antwortete Mrs. Camden. »Gleich kommen ein paar Freunde zu Besuch.«

Ruthie legte den Kopf schief. »Sind wir etwa nicht deine Freunde?«

Mrs. Camden schmolz augenblicklich dahin. Sie ging zur Mikrowelle und holte einen Teller mit noch warmen Keksen heraus. »Jeder noch einen«, sagte sie zu ihren Kindern. »Aber mehr nicht.«

Während die beiden die Kekse aßen, schenkte Mrs. Camden ihnen Milch ein.

»Was hast du denn heute Abend vor?«, fragte sie schließlich Simon.

Er dachte einen Moment nach. »Du und Dad geht nachher mit euren Freunden weg, richtig?«

Mrs. Camden nickte.

»Tja, weißt du, eigentlich hatte ich gehofft, meine Künste als Babysitter auszuprobieren«, begann Simon, »aber ich finde kein Baby, das ich sitten kann.« Sein Blick glitt zu seiner kleinen Schwester.

»Ich verstehe«, meinte Mrs. Camden.

»Deena hat versucht, mir zu helfen«, fuhr Simon fort, »aber niemand will mich engagieren, weil ich noch keine Erfahrung habe. Nur – wie soll ich Erfahrung bekommen, wenn mich niemand engagieren will?«

»Ein echter Scheuerkreis«, bemerkte Ruthie.

Mrs. Camden lachte. »Ich glaube, du meinst ›Teufel‹! Es heißt Teufelskreis!«

»Und der soll's auch bleiben«, sagte Ruthie an Simon gewandt. »Schau mich nicht so an – so laufen die Dinge nun mal!«

Doch Simon musterte sie noch immer schweigend.

»Ich mein es ernst!«, kreischte Ruthie. »Ich kann dir auch nicht helfen!«

Mrs. Camden nahm Ruthies Hand. »Weißt du, Schatz, Mary geht nachher zu einer Pyjamaparty. Lucy ist mit Jordan verabredet. Und Matt muss an seinem Projekt arbeiten!«

»Aber ich will nicht Simons Prüfhase sein!«

»Bitte?«

»Ich glaube, sie meint Versuchskaninchen, Mom«, erklärte Simon.

»Oh.« Mrs. Camden zog die Brauen hoch. Dann wandte sie sich wieder an Ruthie. »Es ist ja nur, dass dein Dad und ich heute Abend wirklich gerne ausgehen würden.«

Ruthie kreuzte die Arme vor der Brust. »Ich würde heute Abend auch gerne ausgehen.«

Mrs. Camden musste unwillkürlich lächeln. Doch dann zuckte sie entschuldigend die Achseln.

»Mommmy!«, rief Ruthie und rang verzweifelt die Hände. »Tu mir das nicht an. Ich will Simon keine Babysitter-Stunden geben müssen! Bitte!«

»Keine Sorge.« Mrs. Camden seufzte. »Wenn du partout nicht mit Simon zu Hause bleiben willst, dann musst du es auch nicht.«

»Danke.« Ruthie nahm sich einen weiteren Keks. »Ich will auf gar keinen Fall.« Einen Moment später rannte sie aus der Küche.

»Na, toll.« Simons Schultern sackten nach vorn. »Sie war meine letzte Hoffnung.«

»Es ist ja noch nichts verloren.«

»Wieso?«

»Du musst sie dazu bringen, dass sie mit dir zu Hause bleiben *will*. Betrachte es als eine Übungsstunde in Kinderpsychologie!«

»Und wie soll ich das anstellen?«

»Überzeuge Ruthie, dass sie etwas verpassen würde, wenn sie nicht hierbleibt. Mach ihr klar, dass sie mit dir zu Hause einen Riesenspaß haben wird.«

»Spaß …«, murmelte Simon. »Etwas verpassen …« Plötzlich erhellte sich sein Gesicht, und er nickte zuversichtlich. »Okay. Alle behaupten, dass ich für jeden Spaß gut bin. Ich schaff das schon.« Und dann stürmte auch er die Treppe hinauf.

Mrs. Camden lächelte, während sie zwei Kekse in die Dose legte und den Teller mit den anderen wieder in der Mikrowelle versteckte. Hoffentlich wusste Simon, worauf er sich einließ …

Simon klopfte an Ruthies Tür. »Kann ich reinkommen?«

»Klar«, sagte Ruthie. »Aber ich glaube nicht, dass es ein Riesenspaß ist, von dir gesittet zu werden.«

Mit finsterer Miene trat Simon ein. »Du hast uns belauscht.«

Ruthie nickte. »Ich bin ja nicht blöd. Ich habe diesen Babysitter-Unsinn schon mit Matt, Mary *und* Lucy durchgemacht!«

»Kann sein«, sagte Simon. »Aber haben Matt, Mary oder Lucy dein Bett jemals zu einer Kutsche gemacht und Happy davorgespannt, um dich und deine Puppen zum Mond zu fahren?«

»Alle drei sogar«, antwortete Ruthie. »Was hast du denn sonst noch so auf dem Kasten, Mr. Oberspaßig?«

Simon schwieg nachdenklich. Das war nicht leicht.

»Du kannst mich nicht einfach auf den Mond kutschieren und die Sache dann Babysitten nennen«, unterbrach Ruthie nach einer Weile die Stille.

»Okay«, sagte Simon. »Vergessen wir den Kinderkram.«

»Das klingt schon besser.«

»Egal, was ich ausgezahlt kriege – du bekommst die Hälfte davon!«

Ruthie riss die Augen auf. Dann fing sie an zu lachen. »Glaubst du wirklich, dass Mom und Dad dich dafür bezahlen?«

Hm, das könnte tatsächlich ein Problem sein, dachte Simon. Von Geld war gar nicht die Rede gewesen.

Ruthie wirkte sehr zufrieden. »Du hast nur eine Chance, wenn du mich wirklich babysitten willst. Du musst mich tun lassen, *was* ich will und *wann* ich es will.«

Simon dachte einen Moment lang über ihren Vorschlag nach. »Aber nur, wenn du nicht mit Feuer oder scharfen Gegenständen spielst«, sagte er schließlich.

»Abgemacht!«

Sie gaben sich die Hände, um den Handel zu besiegeln, dann marschierte Simon aus Ruthies Zimmer. Er war sicher, ein hervorragendes Geschäft gemacht zu haben. Dabei hätte er ahnen müssen, dass er sich soeben in echte Schwierigkeiten hineinmanövriert hatte ...

Matt schloss gerade seinen Camaro auf, als Ellen und Janet – die zwei hübschesten Mädchen aus seinem Sexualkurs – seinen Namen riefen. Er wandte sich um und sah, dass sie mit strahlenden Gesichtern auf ihn zukamen. Also warf er seine Bücher auf den Rücksitz, schloss den Wagen wieder ab und ging ihnen entgegen.

»Hi, Matt«, sagte Janet. »Gehst du mit uns 'ne Pizza essen?«

Matt lächelte. »Ich würd ja gerne, aber ich muss –«

»Och, komm schon, Matt«, bettelte Ellen. »Gönn dir ein bisschen Spaß!« Sie legte den Kopf schief und strich sich mit den Händen durch ihr langes, braunes Haar.

»Glaub mir, ich würde schrecklich gerne mitkommen«, sagte Matt. »Aber ich muss mich unbedingt um das Projekt kümmern.«

Janet nickte. »Das kann ich verstehen. Ich hätte auch keine Ruhe, wenn ich meine Arbeit nicht schon eingereicht hätte.«

Matt war entsetzt. »Willst du mich auf den Arm nehmen?«

»Meine ist auch schon fertig!«, sagte Ellen.

»Und was hast du gemacht?«, wollte Matt wissen.

»Ich habe an einer Studie mitgearbeitet, die untersucht, warum Sportlerinnen seltener als andere Frauen unverheiratet schwanger werden«, antwortete sie mit einem stolzen Lächeln.

»Wow«, sagte Matt. »Gut zu wissen – meine Schwester spielt Basketball.«

Er wandte sich an Janet. »Und was war dein Thema?«

»Meine Großeltern.«

»Wie bitte?«

Sie nickte begeistert. »Ich habe sie und andere Paare befragt, die seit fünfzig oder mehr Jahren verheiratet und immer noch total ineinander verliebt sind!«

Matt war beeindruckt. »Klingt auch ziemlich interessant.«

»Und du, Matt? Was hast du dir einfallen lassen?«, wollte Janet wissen.

Matt hob die Schultern. »Nichts bisher. Ich bin blockiert. Mir fällt überhaupt nichts ein.«

Ellen verdrehte die Augen, während Janet ungläubig den Kopf schüttelte. »Dir fällt *überhaupt nichts* zum Thema Sex ein?«, fragte Ellen.

»Das kann ich mir gar nicht vorstellen«, setzte Janet hinzu.

Matt sah die beiden prüfend an. »Wieso denn das nicht?«

Die Mädchen tauschten bedeutungsvolle Blick aus. »Oh, weiß ich auch nicht«, sagte Janet schließlich, ohne ihn anzusehen. Doch ihr Tonfall verriet sie.

Ellen grinste. »Na ja, du siehst eben so aus, als würdest du die ganze Zeit an Sex denken.«

Matt blinzelte. Er hatte keine Ahnung, was sie damit sagen wollte. Und er war sich auch nicht ganz sicher, ob er es überhaupt wissen wollte. Also schwieg er.

»Tja, dann sehen wir dich wohl am Montag«, sagte Janet abschließend.

Ellen warf ihr Haar zurück. »Ja, ein schönes Wochenende noch, Matt.«

Die beiden Mädchen gingen davon und Matt lehnte sich gedankenversunken an seinen Wagen.

Wenn er wirklich so aussah, als ob er die ganze Zeit an Sex dachte, wieso fiel ihm dann bloß überhaupt nichts dazu ein?

Lucy war auf dem Weg zu ihrem und Marys Zimmer, um noch ein wenig in ihre Bücher zu sehen, bevor sie sich für ihre Verabredung mit Jordan fertig machte. Noch war es zu früh, sich für den großen Abend anzuziehen, fand sie. Und lieber lernen als Mom dabei helfen, ihre vegetarische Babynahrung zuzubereiten!

Da sie mit beiden Händen einen Bücherstapel trug, auf dem sich noch eine braune Papiertüte befand, stieß sie die Zimmertür mit dem Fuß auf und trat ein. Mary war wach und packte die Sachen für ihre Pyjamaparty zusammen. Lucy ließ die Bücher auf ihren Schreibtisch plumpsen und hielt Mary die Papiertüte unter die Nase.

»Ich soll dir die Kekse für deine Pyjamaparty mitgeben.«

Mary nahm die Tüte und warf sie in ihre Tasche, ohne ihre Schwester auch nur eines Blickes zu würdigen. Lucy starrte sie an.

»Wehe, du sagst irgendjemandem ein Wort«, sagte Mary schließlich. »Ich tue nichts Böses.«

»Das habe ich auch nicht behauptet«, erwiderte Lucy. »Wenn du zu deiner gemischten Pyjamaparty gehen willst, dann ist das deine Sache. Ich sage bestimmt nichts.«

»Dann ist ja gut!« Mary ging zum Schrank und begann Kleidungsstücke herauszuholen.

»Allerdings frage ich mich, ob Mom dir die Kekse geben würde, wenn sie wüsste, dass auch Jungs bei deiner Freundin übernachten ...«

Bevor Mary etwas erwidern konnte, klingelte das Telefon. Verärgert riss sie den Hörer hoch. »Hallo?« Sie lauschte einen Moment, dann hielt sie Lucy den Hörer hin.

»Jordan.«

Lucy nahm den Hörer entgegen, während ihre Schwester die restlichen Sachen zusammenraffte und in ihre Tasche warf. Dann stürmte sie aus dem Zimmer und warf die Tür krachend hinter sich zu.

Lucy holte tief Luft. »Hi«, sagte sie in den Hörer. »Jordan, bevor du irgendwas sagst, wollte ich mich entschuldigen, dass ich dich heute so genervt habe.«

Als sie ihn lachen hörte, fühlte sie sich sofort besser. »Schon okay«, sagte er. »Mittlerweile denke ich, dass wir tatsächlich drüber reden sollten.«

»Nein, lass nur«, erwiderte Lucy. »Ich habe mich bloß kindisch benommen. Schließlich muss ich ja wirklich nicht *alles* wissen.«

»Aber vielleicht möchte ich's dir erzählen.«

»Und was, wenn es nun Dinge in meinem Leben gibt, die ich *dir* nicht erzählen will?«

»Okay, okay, du hast gewonnen.« Wieder lachte Jordan. »Wo sollen wie heute Abend hingehen? Ein paar Kumpels wollen erst noch eine Runde bowlen, bevor sie zu der Pyjamaparty gehen.«

Dass er diese Pyjamaparty erwähnte, verdarb Lucy ein wenig die Laune. »Du bist nur dieses eine Mal mit dabei gewesen, oder?«, fragte sie.

»Genau«, antwortete Jordan, ohne zu zögern. »Nach dem einen Mal hatte ich keine Lust mehr. Irgendwie hat es mir nicht so gefallen.«

Lucy konnte den erleichterten Seufzer nicht unterdrücken.

»Also, wie stets mit Bowling?«, fragte Jordan.

»Mir ist heute Abend nicht danach, was mit den anderen zu machen«, sagte Lucy. »Können wir irgendwo allein hingehen?«

»In euer Wohnzimmer zum Beispiel?«

»Nein. Irgendwohin, wo wir nicht gestört werden. Vielleicht können wir ja einfach spazieren fahren und uns unterhalten.«

Am anderen Ende der Leitung war es einen Moment lang still. »Ich versteh nicht ganz, worauf du hinauswillst«, meinte er schließlich. »Aber wir beide wissen doch, dass unsere Eltern es lieber sehen, wenn du und ich mit anderen zusammen unterwegs sind.«

»Ach ja?« Das war nicht die Antwort, die Lucy zu hören gehofft hatte.

»Ich kann mir nicht vorstellen, deinen Dad – den Reverend – zu fragen, ob es okay ist, wenn ich seine Tochter auf eine Mondscheinfahrt entführe.«

»Dann frag doch nicht«, flüsterte Lucy.

»Was? Warum sprichst du denn so leise?«

Lucy verdrehte die Augen und stöhnte insgeheim auf. »Hol mich einfach um acht ab, okay?«

Als sie aufgelegt hatte, ballte sie die Hände zu Fäusten und fing an, auf ihr Bett einzuprügeln, bis ihre Arme müde wurden.

Mary betrat das Zimmer noch rechtzeitig, um das Ende von Lucys Ausbruch mitzubekommen.

»Und?«, fragte sie so laut, dass Lucy, die sie nicht hatte hereinkommen hören, zusammenfuhr. »Was machst du mit Jordan heute Abend?«

Lucy stand auf und schob ihr Kinn trotzig vor. »Das geht dich überhaupt nichts an«, sagte sie so würdevoll wie möglich.

In diesem Moment drang von unten herauf laute Musik. Mary und Lucy vergaßen ihren Zwist und rannten in den Flur hinaus. Der Lärm kam augenscheinlich aus der Küche.

»Feiert Mom eine Party?«, fragte Lucy.

Mary zuckte die Schultern. Zusammen liefen sie die Treppe hinunter.

Frustriert fuhr Matt vom College nach Hause. Es war doch einfach nicht zu glauben, dass er der Einzige sein sollte, der noch immer keine Idee für das Projekt hatte.

Und am Montag war Abgabetermin.

Ein Auto, das von links auf seine Straße einbog, nahm ihm die Vorfahrt und zwang ihn, schnell zu reagieren, um einen Zusammenstoß zu verhindern. Sein Frust verwandelte sich in Ärger. Trotzdem widerstand er dem Versuch, wild auf die Hupe zu drücken oder dem Fahrer Beleidigungen hinterherzubrüllen.

Wenn er sich jetzt ablenken ließe, würde ihm nie mehr was einfallen. Und dann fiele er durch, würde vom College fliegen und könnte für den Rest seines Lebens im Imbiss nebenan Burger braten. Und alles nur, weil ihm überhaupt nichts zum Thema Sex einfiel!

Matt fuhr sich mit der Hand durchs Haar und seufzte.

Vielleicht war er auch einfach nur zu verbissen. Vielleicht sollte er nach Hause fahren und relaxen, ein bisschen Musik hören ... bestimmt kämen ihm dann die Ideen von ganz allein.

Der Gedanke zauberte ein Lächeln auf sein Gesicht. Endlich mal wieder eine angenehme Perspektive.

5

Mrs. Camden stellte das Gemüsesieb in die Spüle. »Wichtig ist vor allem, dass ihr euch eure gute Laune bewahrt.«

Cassandra schaute auf. »Das ist gar nicht so einfach, Mrs. Camden.«

»Wirklich nicht«, setzte Barbara hinzu. »Dass ich in meinem Alter ein Baby kriege, ist schon hart genug. Und dass ich die ganze Sache allein durchstehen muss, macht die Sache noch schlimmer.«

Mrs. Camden drehte sich zu den beiden Mädchen um, die am Küchentisch saßen und Gemüse putzten. »Habt ihr euch bisher an den Ernährungsplan gehalten?«

Beide Mädchen nickten. »Das fällt mir leicht«, sagte Barbara. »Aber diese gymnastischen Übungen bringen mich um.«

»Ja«, stimmte Cassandra zu. »Ich komme kaum vom Stuhl hoch – geschweige denn einmal um den Block!«

Barbara nickte. »Immer Rückenschmerzen.«

»Und morgendliche Übelkeit.«

»Und die Tritte im Bauch!«

»Ich verstehe.« Mrs. Camden nickte wissend. »Aber ich glaube, ich kenne eine Methode, die gleichzeitig aufmuntert und fit macht. Passt auf!«

Die Mädchen sahen sie neugierig an.

Mrs. Camden ging zu dem Kassettenrekorder, den sie auf der Arbeitsplatte abgestellt hatte, und drückte die Play-Taste. Im selben Moment tönte laute Musik durch die Küche. Sie drehte die Lautstärke noch ein wenig höher und wandte sich erneut an die Mädchen.

»Es heißt ›The Locomotion‹!«, brüllte sie, um den Sound zu übertönen. »Und es geht so ...«

Sie begann, mit einfachen Schritten durch den Raum zu tanzen. Die Mädchen kamen erstaunlich schnell auf die Füße und ahmten die Figuren nach. Einen Moment später bewegten sich alle drei in einer Linie lachend um den Tisch herum. Happy stürmte herein und ließ sich sofort von der Stimmung anstecken. Fröhlich bellend sprang er um die drei Frauen herum.

Cassandra griff sich einen Holzlöffel und tat so, als sei er ihr Mikrofon. Mrs. Camden und Cassandra sahen einen kurzen Moment zu, wie sie sang und tanzte, dann mimten sie hinter ihrer Sängerin den Background-Chorus.

Irgendwann sah Mrs. Camden aus den Augenwinkeln, dass Mary und Lucy im Türrahmen standen. Sie tanzte zu ihnen hinüber und versuchte, sie in die Küche zu ziehen und zum Mitmachen zu bewegen, doch die beiden Mädchen rührten sich nicht.

Schließlich schaltete Cassandra das Tape aus. Mrs. Camden trat zurück und stellte die Mädchen einander vor. »Barbara, Cassandra, das sind zwei von meinen Kindern. Mary und Lucy.«

Beide Töchter lächelten schwach. Ihre Blicke wanderten automatisch zu den Bäuchen ihrer Gäste. »Mary ist sechzehn, ich fünfzehn«, sagte Lucy.

Barbara lächelte. »Ich bin auch sechzehn.«

Cassandra hob die Hand. »Ich noch. Aber ich werde bald siebzehn.«

Mary nickte und lächelte, doch im Stillen war sie entsetzt. Konnte es wahr sein, dass diese beiden zukünftigen Mütter im gleichen Alter wie sie waren? Natürlich ließ sie sich den Schock nicht anmerken, sondern gab sich so höflich, wie sie konnte. Lucy verhielt sich genauso.

Doch Mrs. Camden kannte ihre Tochter gut genug. Sie spürte Marys Unbehagen und lächelte in sich hinein.

Das ist besser als jedes ernste Gespräch, das ich oder Eric mit ihr hätte führen können, dachte sie zufrieden. Wegen Lucy musste sie sich in dieser Hinsicht ja wohl ohnehin noch keine Sorgen machen.

»Übt ihr schon für die erste große Familienfeier?«, fragte sie Mary nun.

»Es klang jedenfalls nach 'ner ziemlich wilden Party hier unten«, setzte Lucy hinzu.

Barbara und Cassandra lachten.

»Ich gebe den beiden Mädchen nur einen kleinen Kochkurs«, erklärte Mrs. Camden. »Wir werdenden Mütter müssen uns ausgewogen ernähren. Habt ihr Lust mitzumachen?«

»Geht nicht«, sagte Mary. »Ich bin auf dem Weg zu der Pyjamaparty.«

»Und ich bin mit Jordan verabredet«, erklärte Lucy. »Wir werden uns wahrscheinlich irgendwo einen Burger einfahren.«

Cassandra sah Lucy einen Moment lang ernst an. »Vor sieben Monaten bin ich auch nur mal eben einen Burger essen gegangen. Und sieh mich jetzt an!«

»Bei mir war es Sushi«, fügte Barbara hinzu. »Ich fand mich damals ziemlich welterfahren!« Mary und Lucy weiteten entsetzt die Augen. Die beiden anderen Mädchen fingen an zu lachen.

Mrs. Camden wandte sich an Lucy. »Trefft ihr euch mit Freunden, du und Jordan?«

Lucy zuckte die Achseln. »Das tun wir meistens.«

Mrs. Camden nickte. »Ich weiß, dass ihr das meistens tut. Aber was macht ihr heute Abend? Wo trefft ihr euch denn mit den anderen?«

»Weiß ich nicht«, antwortete Lucy. »Ich hab noch nicht drüber nachgedacht.«

»Dann tu das doch bitte, ja? Oder ruf Jordan an und sag mir, ob er etwas weiß.«

Lucy warf Mary einen Blick zu. Mrs. Camden sah es und blickte von einer Tochter zur anderen. Langsam beschlich sie das dumpfe Gefühl, dass irgendetwas nicht stimmte.

»Ich weiß, wo deine Schwester sein wird«, fuhr Mrs. Camden schließlich fort. »Und ich will auch wissen, wo du zu erreichen bist.«

Lucy schwieg.

»Mir war nicht bewusst, dass die Frage so schwierig zu beantworten sein würde.«

Lucy seufzte. »Okay, okay. Ich denke jetzt gleich darüber nach.«

Mary hatte es plötzlich eilig, die Küche zu verlassen. Diese Befragung konnte auch für sie unangenehm werden. »Es war nett, euch kennen zu lernen«, sagte sie zu den beiden anderen Mädchen.

»Ja«, fügte Lucy nur hinzu und folgte ihrer Schwester hastig hinaus.

»Ooh.« Cassandra legte sich beide Hände auf den Bauch. »Da tanzt immer noch einer.«

Sie nahm Mrs. Camdens Hand und ließ auch sie fühlen. »Ist das nicht süß?«

Mrs. Camden seufzte. »Ja.« Ihre Zwillinge waren auch ständig am Toben.

Plötzlich senkte Cassandra den Blick. »Wenn ich es bloß

da drin lassen könnte, bis ich die Schule beendet und einen Job gefunden habe ...«

Mrs. Camden trat zu ihr und nahm sie in die Arme. »Ein Baby macht das alles sicherlich nicht einfacher«, sagte sie. »Aber was du wirklich willst, das schaffst du auch.«

Cassandra nickte, konnte die Tränen jedoch nicht unterdrücken.

»Keine Angst«, sagte Mrs. Camden sanft. »Ich helfe euch.«

Barbara lächelte unsicher. »Wissen Sie, was ich wirklich will? Ich möchte sieben Monate zurückgehen und sagen ›Ich muss dir nichts beweisen, also hau ab!‹« Sie lachte, aber der Hauch von Bitterkeit in ihrer Stimme war deutlich zu hören.

Mrs. Camden streckte den Arm aus und zog auch sie an sich. »Ich verspreche euch, dass ich alles tun werde, um euch zu helfen«, sagte sie leise. »Ihr braucht das nicht allein durchzustehen.«

Im gleichen Moment trug auch Reverend Camden im Billardcafé seinen Teil dazu bei, Barbara und Cassandra zu helfen. Er saß mit Sam, Barbaras Freund und Vater ihres Kindes, an einem Tisch und unterhielt sich mit ihm.

Vor Sam lag ein Bewerbungsformular für einen Job als Hilfskellner. Während er mit dem Reverend sprach, sah er immer wieder nervös hinab auf das Papier und spielte mit dem Kugelschreiber in seiner Hand.

»Und ich muss das alles ausfüllen, nur um Tische decken und abräumen zu dürfen?«

Der Reverend lächelte. »Das ist nur eine Formalität«, erklärte er. »Der Manager will dir diese Stelle definitiv geben. Das hat er mir jedenfalls gesagt.«

»Und da sind Sie sich sicher?« Sam wirkte nicht überzeugt. »Ich meine, es gefällt mir nicht, so viel persönliches Zeug aufzuschreiben, wenn ich den Job dann doch nicht kriege.« Er fuhr sich mit der Hand durch das kurzgeschnittene Haar und schaute so misstrauisch auf das Papier herab, als könnte es ihn beißen.

Der Reverend versuchte, sich diplomatisch auszudrücken. »Sie kennen deine ... Vorgeschichte.«

»Die wissen gar nichts.«

»Nun, sie wissen, dass du eine Zeit in Haft warst, weil man Crack bei dir gefunden hat. Deine gute Führung und die Tatsache, dass es die erste Verhaftung war, hat aber für dich gesprochen.«

»Ach ja? Und wissen sie auch, dass ich nicht lesen kann?«, entfuhr es Sam plötzlich. Vor Scham stieg ihm das Blut in die Wangen.

»Nein«, antwortete der Reverend. »Tut mir Leid. Und ich wollte dich hier auch bestimmt nicht in Verlegenheit bringen.« Er nahm Sam den Stift und das Formular ab. »Du sagst mir einfach, was ich wissen muss, und ich trage es ein. Mal sehen ... eine Adresse?«

Sam räusperte sich und fuhr sich wieder mit der Hand durchs Haar.

»Ich ... ich habe eigentlich keine«, sagte er schließlich. »Ich wohne im Moment bei Barbara und ihrer Mutter. Deswegen brauche ich ja auch den Job. Um mich selbst zu ernähren und um was zu der Miete beitragen zu können, wissen Sie.«

Er verstummte und sah Reverend Camden direkt in die Augen. »Diesmal will ich es richtig machen«, sagte er aufrichtig. »Ich mein es ernst.«

Reverend Camden nickte. »Das weiß ich.«

»Ich habe Barbara gefragt, ob sie mich heiraten will. Wussten Sie das?«

Reverend Camden lächelte. »Nein. Das wusste ich nicht. Wann ist die Hochzeit?«

»Bald«, antwortete Sam. Dann setzte er stirnrunzelnd hinzu: »Zumindest hoffe ich das.«

»Hoffen? Wieso?«

»Na ja. Sie hat gesagt, dass sie mich erst heiratet, wenn ich einen Job habe. Wenn aus dieser Sache also etwas wird ...«

»Es wird etwas draus.«

Sam lächelte und wirkte zum ersten Mal, seit Reverend Camden den Jungen kennen gelernt hatte, genau so jung, wie er wirklich war.

So jung ... viel zu jung für alle die Verantwortung, die nun auf seinen Schultern lastet, dachte Reverend Camden traurig.

»Tja, wenn das so ist ... ich weiß gar nicht, was ich sagen soll, Mann. Vielen Dank für Ihre Hilfe!«

»Nicht der Rede wert«, wehrte der Reverend ab. »Das ist mein Job!«

»Und ich werde diesen Job da wirklich gut machen, glauben Sie mir. Ich will, dass mein Kind stolz auf mich ist. Ich werde der beste Tischwischer werden, den es je gegeben hat. Und wissen Sie auch, warum?«

Reverend Camden schüttelte den Kopf.

»Weil ich nicht einmal die Chance gehabt habe, Tische zu wischen, bevor ich Barbara getroffen habe«, erklärte Sam feierlich. »Ich hatte überhaupt keine Chance zu irgendwas, bevor ich Sie und Mrs. Camden kennen gelernt habe.«

Der Reverend klopfte dem Jungen auf die Schulter. »Komm, lass uns dieses Formular ausfüllen!«

Mrs. Camden, Barbara und Cassandra saßen um den Küchentisch herum und schnitten Möhren klein. Barbara begann zu erzählen, wie sie Sam kennen gelernt hatte.

»Als er mich zum Essen einladen wollte, war ich gerade auf Diät.« Sie strich sich eine Haarsträhne aus dem Gesicht. »Also schlug er eine Sushi-Bar vor. Mir war es recht, denn ich war der Meinung, dass man von rohem Fisch unmöglich dick werden konnte.« Sie seufzte und sah an sich herab. »Da hab ich mich ja offenbar geirrt«, flüsterte sie mit einem gezwungenen Lächeln.

»Und was hast du jetzt vor?«, fragte Mrs. Camden. »In Bezug auf Sam, meine ich?«

»Ich habe ihm gesagt, dass ich ihn erst heiraten werde, wenn er einen Job hat«, antwortete Barbara. »Aber in Wirklichkeit will ich ihn nicht heiraten.«

Mrs. Camden schaute von den Möhren vor sich auf.

»Ich bin erst sechzehn«, erklärte Barbara. »Und er ist ein Zwanzigjähriger mit Vorstrafenregister.«

Mrs. Camden nahm sich eine Möhre und begann, sie zu bearbeiten. »Nun ja, soviel ich weiß, hat mein Mann einen Job für ihn gefunden.«

Barbara machte eine wegwerfende Geste. »Das ist so gut wie unmöglich. Deswegen habe ich den Job ja auch zur Bedingung gemacht.«

Mrs. Camden nickte und schnippelte heftiger. »Und was ist mit deinem Baby?«

»Tja ... das ist eine dumme Sache. Natürlich braucht das Kind einen Vater. Und Sam *ist* der Vater. Aber ich will ihn nicht heiraten. Ich liebe ihn nicht. Ich glaube, ich habe das nur gesagt, weil ich eine Ausrede brauchte, um meinen Spaß zu haben.«

Mrs. Camden packte eine Handvoll geschälter Möhren und begann, heftig mit dem Messer auf sie einzuhacken. Dicke Stücke rollten über den Tisch.

»Hey«, meldete sich Cassandra zu Wort. »Wenn der Reverend Sam einen Job besorgen konnte, dann kann er ihm den ja auch wieder abnehmen, oder?«

Mrs. Camden hörte auf, die Karotten zu malträtieren.

»Du musst Sam nicht heiraten, wenn du nicht willst«, sagte Cassandra. »Nicht wahr, Annie?«

»Nein! Doch ... ich meine, nein«, stotterte Mrs. Camden. Sie holte tief Luft und begann von neuem. »Was ich sagen will, ist, dass du ihn nicht heiraten musst, wenn du nicht willst. Aber vielleicht möchte Sam diesen Job trotzdem haben und behalten.« Sie tätschelte Barbaras Hand. »Weißt du, Babys haben es gerne, wenn sie nicht hungern müssen und es warm und gemütlich haben. Sie sind da sehr eigen.«

Nach einem Augenblick ergriff Cassandra das Wort. »Ich bin mal gespannt, wie der Reverend mit Roger dem Spinner zurechtkommt.«

»Roger der Spinner?«, fragte Mrs. Camden. »Wer –«

»Roger Phillips, mein Ex«, erklärte Cassandra. »Er ist ziemlich aufbrausend.«

Mrs. Camden runzelte die Stirn. »Ich kann mir nicht vorstellen, dass es ein Grund zum Aufbrausen ist, wenn man gebeten wird, die Hand einer werdenden Mutter während der Geburt zu halten.«

Cassandra verdrehte die Augen. »Das wird ihn wohl auch nicht wütend machen.«

Mrs. Camden sah sie verständnislos an. »Und was dann?«

»Er weiß nicht, dass ich ein Kind von ihm bekomme«, antwortete Cassandra. »Oder dass ich überhaupt ein Kind bekomme.«

»Du meinst –«, Cassandra nickte. »Er hat keine Ahnung, dass ich schwanger bin.«

Barbara berührte ihren Arm. »Und warum hast du ihm noch nichts gesagt?«

Cassandra seufzte. »Das kann ich nicht. Er ist stocksauer auf mich, weil ich was mit seinem Bruder hatte.«

Barbara ließ sich auf ihren Stuhl zurücksinken. »Wow. Und ich dachte, *ich* hätte Probleme!«

»Tja, dann ...« Mit dem Formular in beiden Händen stand Sam auf. »Dann werd ich mich mal dem Manager vorstellen und ihm den Wisch hier geben.«

Der Reverend klopfte ihm aufmunternd auf den Rücken. »Viel Glück.«

»'tschuldigung«, ertönte plötzlich eine Stimme hinter ihm.

Reverend Camden drehte sich um. Vor ihm stand ein Jugendlicher mit harten Gesichtszügen und sah ihn misstrauisch an.

»Roger Phillips«, stellte er sich vor. »Cassandra hat mich angerufen und mir gesagt, dass irgendein Pfaffe mit mir reden will.«

Reverend Camden schüttelte die Hand des Jungen. »Ich bin Eric Camden und vermutlich der Pfaffe, um den es geht. Ich bin Reverend in der Glenoak-Kirche.«

»Ich geh nicht in die Kirche«, sagte Roger. »Ich hab mit Religion nichts am Hut.«

»Nun ja, es geht eigentlich auch nicht um die Kirche«, erklärte der Reverend. »Meine Frau hat Cassandra bei einem Kurs im Gemeindezentrum kennen gelernt.«

»Und weiter?«, fragte Roger ungeduldig.

»Und Cassandra ...« Der Reverend hielt einen Moment inne. »Nun, sie hofft, dass Sie sich vielleicht dazu durchringen könnten, zu uns zu kommen, um –«

»Hören Sie, Kumpel.« Rogers Verärgerung wuchs. »Ich sagte doch schon, dass ich kein Jesusfreak bin. Und ich hab auch keine Lust, irgendwas über Religion zu lernen.«

»Ich glaube, dass Sie –«

»Und noch mal: Ihre Kirche interessiert mich nicht!«, fuhr Roger fort. »Ich bin nur gekommen, weil ein Freund von mir meinte, dass Cassandra irgendwie krank aussah ... anders jedenfalls. Er hat sie neulich getroffen.« Roger brach ab und schwieg einen Moment. Als er weitersprach, klang seine Stimme leiser. »Hat Sie sich vielleicht deswegen an Sie gewandt? Ich meine, sind Sie derjenige, der mir sagen soll, dass sie schwer krank ist und bald sterben muss oder so was?«

»Würde es Ihnen denn nahe gehen, wenn sie krank wäre?«

»Na ja, ich bin zwar im Moment nicht gerade besonders gut auf Cassandra zu sprechen, aber wenn sie krepieren würde, würd mich das schon ein bisschen fertig machen«, antwortete Roger, nun wieder ganz der Unnahbare.

»Ein bisschen«, wiederholte der Reverend.

»Okay.« Roger seufzte. »Es würde mich ganz schön fertig machen. Aber sie hat mich mit meinem Bruder betrogen, und das verzeih ich ihr nicht.«

In diesem Moment kehrte Sam zurück. Er strahlte über das ganze Gesicht. »Hey, Reverend. Ich glaube, ich hab den Job!«

»Fantastisch, aber –«

Bevor der Reverend ihn daran hindern konnte, trat Sam auf Roger zu und streckte ihm die Hand entgegen. »Hey, du musst der Vater von Cassandras Baby sein. Glückwunsch!«

Roger beachtete Sams Hand nicht. Stattdessen starrte er den anderen wie vom Donner gerührt an. Schließlich sank er, den Mund ungläubig geöffnet, auf einen Stuhl.

Reverend Camden, der seinen Verdacht bestätigt sah, trat zu ihm, um ihm seelischen Beistand zu leisten.

Matt betrat sein Zimmer, die Arme voller Bücher. Er warf sie aufs Bett, drehte sich halb um und fuhr erschreckt zusammen. Seine Schwester Mary wartete auf ihn.

»Soviel ich weiß, hast du jetzt selbst den Führerschein«, sagte er sofort. »Ich fahre dich jedenfalls nirgendwo hin.«

»Das wollte ich auch gar nicht fragen. Trotzdem danke«, antwortete Mary bissig.

»Übrigens würde ich ja wirklich gerne wissen, wie du das mit der Prüfung hingekriegt hast«, fuhr Matt fort. »Mir kam es so vor, als wäre das Einparken nicht gerade deine Stärke gewesen.«

Mary stand auf, um zu gehen. »Vergiss, dass ich hier war.«

»Hey, warte doch!« Matt hob beschwichtigend eine Hand. »Tut mir Leid. Ich bin nur wegen dieser Sache mit dem Projekt ziemlich schlecht drauf.«

Mary setzte sich wieder, während ihr Bruder weitersprach. »Ich habe langsam das Gefühl, dass mit mir irgendwas nicht stimmt, weil ich überhaupt nichts über Sex zu sagen habe.«

»Das liegt daran, dass du ein Junge bist.«

»Und Jungen haben keine Gefühle.«

Mary schüttelte den Kopf. »Das meine ich nicht. Man kann alles auf eine biologische Tatsache zurückführen. Wir Frauen bekommen die Babys.«

Matt nickte. »Was habe ich mir auch dabei gedacht, dieses Thema mit meiner kleinen Schwester zu besprechen ...«

»Von klein kann ja wohl nicht die Rede sein«, sagte Mary entrüstet.

»Na gut«, willigte Matt ein. »Meine jüngere Schwester. Obwohl ich weiß, dass du und Lucy ständig über Sex redet.«

»Ach, vergiss es«, rief Mary. Sie sprang auf und stürmte aus dem Zimmer.

Matt sah ihr verwirrt hinterher. »Was habe ich denn jetzt wieder gesagt?«

Fünfzehn Minuten später klopfte es an Matts Tür.

»Herein ins Reich der Ideenlosen«, sagte er düster.

Die Tür ging auf und Lucy trat ein.

»Jetzt erzähl mir bloß nicht, dass ich *dich* irgendwo hinfahren soll.«

Lucy schüttelte den Kopf. »Nicht nötig.«

»Sag mal, ist es wahr, dass Mary und du die ganze Zeit über Sex redet?«

Lucy lachte und warf ihr Haar nach hinten. »Wohl nicht die ganze Zeit. Manchmal reden wir auch über das Abendessen.«

»Komm schon, sag mir die Wahrheit«, drängte Matt. »Diese Sache mit der Pyjamaparty ist doch bloß vorgeschoben, oder? In Wirklichkeit ist Mary mit irgendeinem Typen unterwegs, richtig?«

»Nein«, antwortete Lucy. »Mary geht definitiv zu einer Pyjamaparty.«

Matt lächelte. Ihre Antwort beruhigte ihn. Lucy würde ihn niemals anlügen, das wusste er.

Er lehnte sich in seinem Stuhl zurück und legte die Füße auf seinen Schreibtisch. »Und was kann ich für dich tun? Wolltest du über irgendwas reden oder so was?«

»Ach ja, genau. Weißt du, wo Jordan und ich heute Abend einen guten Burger kriegen?«

Matt blinzelte. »Wie wär's mit dem Dairy Shack?«

Lucy nickte und wandte sich zum Gehen.

»Das war's?«, rief Matt ihr verwirrt hinterher.

»Na ja, ich habe über dein Projekt nachgedacht«, flüsterte Lucy. »Wie wäre es denn, wenn du dich mit den Erfahrungen beim ersten Mal beschäftigst? Wann, wo, warum ... so was eben.«

Matt setzte sich kerzengerade auf und dachte einen Moment darüber nach. Plötzlich begann er zu strahlen.

»He … keine schlechte Idee! Eigentlich sogar eine tolle Idee! Und ausgerechnet du machst mir diesen Vorschlag.«

»Ja, und warum nicht?«, fragte Lucy beleidigt. »Ich bin ja schließlich kein Kind mehr. Ich bin fünfzehn. Ich habe einen Freund. Ich bin nicht mehr vollkommen naiv. So ein, zwei Dinge über das Leben weiß ich inzwischen auch schon.«

»Schon gut, tut mir Leid«, sagte Matt hastig. »Wieso bist du denn gleich so gereizt? Immerhin habe ich gesagt, dass das eine tolle Idee war!« Er griff nach seinem College-Block und begann zu schreiben. Einen Moment später war er vollkommen versunken in seine Arbeit.

Lucy wartete noch eine Weile an der Tür. Schließlich blickte Matt auf. »Was denn noch?«

»Nichts«, erwiderte Lucy. In ihrer Stimme schwang Enttäuschung mit. »Gern geschehen.«

Dann ging sie.

6

»Ich geh schon«, rief Mrs. Camden, als es an der Tür klingelte. Sie öffnete die Eingangstür und sah Jordan draußen warten. Cassandra und Barbara spähten aus der Küche in die Halle und kicherten.

»Der ist ja süß«, flüsterte Cassandra.

Barbara nickte. »Echt zum Anbeißen!«

In diesem Moment kam Lucy die Treppe hinunter. Überrascht begutachtete Mrs. Camden die Aufmachung ihrer Tochter. Statt wie gewöhnlich Jeans und Sweatshirt trug Lucy einen schwarzen Minirock.

Der für Mrs. Camdens Geschmack definitiv *zu* kurz war.

»Okay, Mom.« Lucy schob sich zwischen ihre Mutter und Jordan. »Wir sind dann mal weg!«

Sie versuchte, Jordan aus der Tür zu schieben, doch er rührte sich nicht. »Können wir noch irgendwas für Sie tun, bevor wir losziehen?«, wandte er sich an Mrs. Camden.

Sie lächelte. »Das ist sehr nett von dir, Jordan.«

»Ja, er ist schon ein netter, höflicher Kerl«, sagte Lucy, die erneut versuchte, Jordan hinauszudrängen.

»Ihr geht also erst ins Dairy Shack und dann mit Freunden zum Bowling?«, wollte Mrs. Camden wissen.

»Wenn's Ihnen recht ist«, antwortete Jordan.

»Klingt, als könnte es ein schöner Abend werden.« Mrs. Camden lächelte wieder. »Viel Spaß.«

Dieses Mal schubste Lucy ihren Freund buchstäblich hinaus.

»Nicht vergessen«, rief ihre Mutter ihnen hinterher. »Elf Uhr ist das Limit.«

Lucy hielt an und runzelte die Stirn. Jordan nahm ihre Hand. »Elf Uhr ist okay«, sagte er.

Mrs. Camden warf ihrer Tochter einen warnenden Blick zu. Ich weiß, dass du etwas vorhast, schien er zu sagen.

»Du kannst nachher gerne noch mit reinkommen und bis zwölf hier fernsehen«, sagte Mrs. Camden zu Jordan. »Wir haben übrigens frisch gebackene Kekse.«

Jordan grinste breit. »Danke, Mrs. Camden. Vielen Dank.«

»Ja, Mom, vielen Dank«, wiederholte Lucy und zog die Tür zu. Dann wandte sie sich an Jordan. »Nur, dass du es weißt – wir gehen *nicht* zum Bowling!«

In diesem Moment flog die Tür erneut auf. Lucy fuhr erschreckt zusammen, doch statt ihrer Mutter stand Mary auf der Schwelle. Sie hatte Schlafsack und Tasche dabei.

»Hey, könnte ihr zwei mich ein Stück mitnehmen?«

Lucy zögerte. »Ich dachte Mom und ihre beiden neuen Freundinnen würden dich bringen.«

Dass dies das Letzte war, was Mary wollte, war Lucy natürlich klar, und Mary wusste das auch. Sie bedachte ihre jüngere Schwester mit einem wütenden Blick. »Ich habe Mom gesagt, dass Jordan es sicher nichts ausmachen würde, ihr den Weg zu ersparen.«

»Schon okay«, mischte Jordan sich ein. »Steig ein.«

Die beiden Schwestern warfen sich warnende Blicke zu, als sie in Jordans Wagen stiegen. Mary ließ sich hinten nieder, Lucy setzte sich auf den Beifahrersitz.

»Oh, tut mir Leid, was ich eben gesagt habe«, knurrte Lucy. »Ich habe einen Moment lang vergessen, dass Mom dich ja nicht bei deiner Pyjamaparty absetzen kann. Dann würde sie natürlich herausfinden, dass du ihr was verschweigst.«

Jordan warf Lucy einen Seitenblick zu. »Was wir ja augenscheinlich auch tun«, bemerkte er. Er drehte den Zündschlüssel und der Wagen sprang an.

»Ach, und was verschweigt *ihr*?«, fragte Mary interessiert.

Jordan fuhr die Einfahrt hinab. »Dass wir nicht zum Bowling gehen.«

»Und warum nicht?«

»Ich habe keine Ahnung.«

Lucy stieß ihren Freund mit dem Ellenbogen an.

»Was denn?«, fauchte er gereizt.

»Ich erzähle ihr längst nicht alles«, zischte sie.

Jordan hielt an einem Stoppschild an und sah erst zu seiner Freundin, dann in den Rückspiegel zu Mary. Beide Mädchen kochten vor Wut.

»Das kann ja eine heitere Fahrt werden«, murmelte er.

Lucy widerstand dem Bedürfnis, ihrem Freund erneut den Ellenbogen in die Seite zu rammen.

Simon holte einen Stapel flacher, bunter Kartons aus dem Schrank. Vom obersten starrte ihm der Monopoly-Mann entgegen.

»Zu alt«, murmelte er und legte das Spiel beiseite.

Auch das Nächste befand er für ungeeignet. »Wen kümmert es schon, wer wen umbringt?«, sagte er, während er die Cluedo-Schachtel zur Seite legte.

»Bingo.« Simon schüttelte den Kopf. »Dazu brauchen wir mindestens drei, wenn es Spaß machen soll.«

Als er das nächste Spiel betrachtete, erschien endlich ein

Lächeln auf seinem Gesicht. In diesem Moment kam seine Mutter ins Zimmer.

»Mary und Lucy sind schon weg. Bist du bereit, deinen ersten Abend als professioneller Babysitter zu beginnen?«

Simon zeigte ihr lächelnd den Karton in seinen Händen.

»Im Babysitter-Kurs habe ich gelernt, dass Kinder Brettspiele lieben«, erklärte er. »Ich dachte, ich fange mal damit an, ihr so was anzubieten.«

Mrs. Camden zog die Stirn kraus. »Meinst du nicht, dass Lucy längst aus dem Alter von *Häschen hüpf* raus ist?«

Simon betrachtete einen Moment die Schachtel in seinen Händen. Dann sagte er: »Na ja. Es kommt ja sowieso nur darauf an, was Ruthie machen will.«

Mrs. Camden riss entsetzt die Augen auf. »Ganz bestimmt nicht! Du willst doch nicht einfach das tun, was Ruthie verlangt, oder?«

Simon sah sie irritiert an.

»Lass es dir erklären.« Mrs. Camden setzte sich neben ihn aufs Bett. »Heute Abend bist du weder ihr Bruder noch ihr Freund.«

»Nicht?«

»Nein. Heute Abend bist du ein Ersatz-Elternteil. Dein Job ist es, auf sie aufzupassen, dafür zu sorgen, dass ihre Grundbedürfnisse erfüllt sind und – darüber hinaus –, dass sie sich wohl fühlt und ein bisschen Spaß hat. Das darf aber nicht auf deine Kosten gehen.«

Simon nickte.

»Ihr habt euch doch hoffentlich nicht auf ›Simon tut, was Lucy will‹ geeinigt?«

»Natürlich nicht«, log Simon. »Bitte, Mom, etwas mehr Vertrauen in meine Fähigkeiten. Ich bin cleverer, als du denkst.«

»Gut.« Mrs. Camden reichte ihm einen Zettel. »Hier ist die Nummer vom Billardcafé. Wir sind in fünf Minuten hier, wenn es Ärger geben sollte. Aber Matt ist ja auch noch oben.«

»Mom! Ich kann das alleine.«

»Keine Sorge. Matt will sowieso nicht gestört werden, wenn es sich nicht gerade um einen Notfall handelt.«

»Wieso ist er überhaupt zu Hause?« Simon konnte seine Enttäuschung nicht verbergen.

»Er arbeitet an seinem Projekt. Aber mach dir nichts draus – er sitzt ja ganz oben in seinem Dachzimmer. Ruthie scheint noch nicht einmal zu wissen, dass er da ist. Sonst würde sie ihm bestimmt schon auf die Nerven gehen.«

»Na gut«, sagte Simon, obwohl er ganz offensichtlich nicht gerade glücklich über die Umstände war. »Ich darf eben nicht wählerisch sein, sondern muss jede Gelegenheit nutzen, Erfahrungen zu sammeln.«

Mrs. Camden gab Simon einen Kuss auf die Wange.

»Hey, komm schon, Mom«, protestierte er. »Ich arbeite schließlich hier.«

Mrs. Camden grinste. »Tut mir Leid.«

Matt lehnte sich in seinem Stuhl zurück und drehte die Lautstärke in seinen Kopfhörern auf. Lucys Vorschlag ging ihm nicht aus dem Kopf, wenn seine anfängliche Begeisterung auch bereits nachgelassen hatte. Grund dafür waren einige simple praktische Überlegungen.

Wie sollte er zum Beispiel an diesem Wochenende ein paar Leute finden, die Lust hatten, vor der Kamera über ihr erstes Mal zu sprechen?

Lucys Idee war zwar gut, aber irgendwas fehlte – das Konzept war irgendwie nicht rund. Dummerweise kam Matt nicht darauf, woran es liegen konnte.

Er legte die Füße auf den Tisch und verschränkte die Hände hinterm Kopf. Vielleicht würde die Musik ihm ja doch noch die ersehnte Inspiration bringen!

Ruthie drapierte gerade ihre Puppen zu einer Teegesellschaft, als es an der Tür klopfte.

»Kann ich reinkommen?«, fragte Mrs. Camden.

»Klar.« Als ihre Mutter die Tür öffnete sah Ruthie sie bewundernd an. »Du siehst einfach göttlich aus, Mom.«

»Oh, vielen Dank«, antwortete Mrs. Camden, während sie sich im Türrahmen in Positur stellte. »Ich gehe zum ersten Mal seit langem aus und da habe ich mir besondere Mühe gegeben.«

»Ich wünsche euch viel Spaß«, sagte Ruthie und wandte sich wieder ihren Puppen zu.

Mrs. Camden betrat das Zimmer. »Wir sind in ein paar Stunden zurück.«

Ruthie schaute nicht einmal von ihrem Teegeschirr auf. »Bleibt ruhig so lange, wie ihr wollt.«

Mrs. Camden bedachte ihre Tochter mit einem ernsten Blick. »Du wirst dem armen Simon doch keine Schwierigkeiten machen, hm?«, fragte sie, die Hände in die Hüften gestemmt.

»Ich?«, sagte Ruthie entrüstet. »Wann habe ich je einem Babysitter Schwierigkeiten gemacht?«

Als sie zu ihrer Mutter aufschaute, lag ein engelhafter Ausdruck auf ihrem Gesicht, doch Mrs. Camden ließ sich keine Sekunde täuschen.

»Das erste Mal, als Matt auf dich aufgepasst hat, hast du ihn gebissen«, rief Mrs. Camden ihr in Erinnerung. »Sehr fest.«

Ruthie zuckte die Achseln. »Ich war wütend, dass ihr

mich allein zu Hause gelassen hattet. Aber ich bin ja inzwischen älter geworden.«

»Als Mary zum ersten Mal auf dich aufpasste, mussten wir sie aus dem Wäscheschrank befreien, als wir nach Hause kamen.«

»Sie hat mich nicht in Ruhe gelassen«, rief Ruthie empört. »Sie hat mich stundenlang mit Brettspielen genervt. Wie oft würdest du denn *Häschen hüpf* spielen wollen?«

Mrs. Camden nickte. »Gut, das seh ich ein. Aber was war das letzte Mal, als Lucy auf dich aufpassen sollte?«

Ruthie schaute betroffen zur Seite.

»Du und Simon seid aus dem Haus entwischt, dem Briefträger hinterhergelaufen und habt euch vollkommen verirrt.«

Ruthie legte sich eine Hand aufs Herz. »Ich schwöre, dass ich nicht aus dem Haus gehe.«

Mrs. Camden war überzeugt, dass alle drei Camden-Mädchen an diesem Abend irgendetwas zu verbergen hatten, aber sie hatte keine Zeit herauszufinden, was. Sie wollte mit Barbara und Cassandra zum Billardcafé und sie waren ohnehin schon spät dran.

»Okay.« Sie seufzte. »Aber ernsthaft, Ruthie. Sei nett zu Simon. Er gibt sich sehr viel Mühe.«

Ruthie lächelte lieblich und umarmte ihre Mutter. Diese gab ihrer Tochter einen Kuss und verließ das Zimmer.

Als sie die Tür geschlossen hatte, rieb sich Ruthie wie ein Schurke aus einem schlechten Film die Hände. »Jetzt geht's los ...« flüsterte sie.

Jordan parkte den Wagen vor dem Haus der Caldwells. Mary stieg aus und warf sich Schlafsack und Tasche über die Schulter.

»Dank dir, Jordan«, sagte sie.

»Keine Ursache.«

Lucy blickte stur geradeaus durch die Windschutzscheibe und ignorierte ihre Schwester vollkommen. Mary ging zum Haus hinauf.

Die Caldwells wohnten im Nobelviertel von Glenoak. Zu dem großen Haus, das im Schutz stattlicher Bäume stand, gehörte sogar ein Schwimmbad im Garten. Tina Caldwell spielte nicht nur in Marys Team mit, sondern war auch eine Wettkampfschwimmerin.

Mary klingelte.

Lauren Michaels und Jason Patterson öffneten die Tür. Augenblicklich schlug ihr laute Musik entgegen.

»Hi, Mary«, sagte Jason.

»Let's party!«, rief Lauren.

Mary spähte an den beiden vorbei und sah, dass die Pyjamaparty dieses Mal offensichtlich nicht im Keller, sondern im Wohnzimmer der Caldwells stattfand. Überrascht wandte sie sich wieder an Jason und Lauren. »Was ist denn hier los?«

»Ach, weißt du's noch nicht?«, fragte Lauren. »Die Caldwells mussten weg – irgendwas mit der Familie. Mr. und Mrs. Caldwell sind heute Nachmittag abgereist, so dass Tina jetzt allein ist. Bis auf uns, versteht sich.«

»Ja!«, setzte Jason hinzu. »Wir haben das ganze Haus für uns. Keine Aufpasser!«

Mary lächelte schwach.

»Komm schon rein.« Jason machte eine einladende Geste. »Gleich kommt Frank Malone. Du hast ja vielleicht schon bemerkt, dass er total auf dich steht. Und ihr zwei könnt ganz für euch sein.«

Mary klappte verdattert den Mund auf. Frank Malone wollte was von ihr? Das war ihr neu!

»Falls irgendwo noch ein Zimmerchen frei ist«, schränkte

Lauren ein und deutete mit einer vagen Geste hinter sich. »Hier geht es heute richtig ab.«

Lauren und Jason lachten beide und ließen sie stehen. Mary betrat das Haus und sah sich um. Das Wohnzimmer war abgedunkelt. Der Discosound war gerade durch ein langsames Stück abgelöst worden. Pärchen fanden sich und begannen, eng aneinander geschmiegt zu tanzen.

Einige waren ganz in einen Kuss versunken.

Mary trommelte nervös mit den Fingern auf das Treppengeländer. Nirgendwo war eine ihrer Freundinnen oder auch nur jemand, zu dem sie ein gewisses Vertrauen hatte, zu sehen. Irgendwie gefiel ihr diese Sache nicht. Nein, sie gefiel ihr überhaupt nicht.

Reverend Camden tat so, als würde er Sam zusehen, der eine Billardkugel nach der anderen im Tisch versenkte. Tatsächlich jedoch beobachtete er Roger Phillips.

Der Reverend hatte keine Ahnung gehabt, dass Roger so reagieren würde. Allerdings war er auch davon ausgegangen, dass Roger über Cassandras Schwangerschaft Bescheid wusste …

Er schüttelte traurig den Kopf.

Seit Roger die Neuigkeit erfahren hatte, kochte er vor Wut. Nachdem er den anfänglichen Schock überwunden hatte, war er aufgesprungen und mindestens eine halbe Stunde lang wütend auf und ab gelaufen. Dabei hatte er den Eingang keinen Moment aus den Augen gelassen; offensichtlich wartete er ungeduldig auf das Mädchen, das ihn zum Vater machte.

Der Reverend wartete, bis Sam seinen Stoß ausgeführt hatte und ging zu Roger. Er legte ihm eine Hand auf die Schulter. »Wenn Sie nach Hause gehen und sich ein bisschen beruhigen wollen, bevor Sie sich mit Cassandra treffen, dann geht das in Ordnung«, schlug er vor. »Sie müssen wirklich nicht hier ausharren!«

Roger fuhr herum und funkelte Reverend Camden wütend an. »Nein! Ich denke ja gar nicht daran. Ich habe ein Wörtchen mit ihr zu reden.« Er machte eine Pause, um dann hinzuzufügen: »Sogar eine ganze Menge Wörtchen!«

Der Reverend hob beschwichtigend eine Hand. »Die aber gut gewählt sein sollten.«

Roger schwieg, doch sein Blick sprach Bände.

»Hören Sie mir zu«, fuhr der Reverend fort, »eines Tages wird Cassandra vielleicht ihrem Kind erzählen wollen, was Sie gesagt haben, als Sie erfuhren, dass Sie Vater wurden. Und diese Worte werden Ihr Kind für immer begleiten.« Der Reverend sah Roger direkt in die Augen. »Wenn ich Sie wäre, würde ich mir also –«

Doch Roger hörte ihm nicht mehr zu. Er starrte plötzlich an ihm vorbei. Der Reverend drehte sich um und sah seine Frau mit Barbara und Cassandra im Schlepptau das Billardcafé betreten. Als Mrs. Camden ihren Mann entdeckte, steuerte sie auf ihn zu.

Im gleichen Moment sah auch Sam sie. »He, Süße!« Er rannte auf Barbara zu, riss sie in die Arme und wirbelte sie herum. »Ich habe den Job!«, rief er begeistert.

Barbara schob ihn weg. »Das ist ja toll«, murmelte sie.

Mrs. Camden beobachtete Barbara und Sam, doch der Reverend konzentrierte sich ganz auf Roger und seine Ex-Freundin.

»Du!«, brüllte Roger, als Cassandra näher gekommen war. »Wie konntest du nur!«

Und zur allgemeinen Überraschung brach Roger Phillips mitten im Billardcafé in Tränen aus.

Man hätte eine Stecknadel im Raum fallen hören können,

während Cassandra langsam zurückwich. Auch in ihren Augen standen Tränen.

Lucy betrat das Dairy Shack hinter Jordan. Es war nicht leicht gewesen, einen Parkplatz zu finden, und so waren sie nicht überrascht, dass sich in dem Burgerrestaurant die Gäste drängten. Wie üblich am Freitagabend befand sich die halbe High School hier. Lucy entdeckte ein paar Freunde und winkte. Als ihre Freundin Pamela ihren kurzen Rock bemerkte, zwinkerte sie Lucy zu.

»Hey, Lucy! Jordan!«

Sie drehten sich um und sahen Jordans Freunde Gary, Hutch und Darrell, die in einer der Nischen im hinteren Teil des Ladens saßen. Jordan winkte den Jungs zu und führte Lucy hinüber. Die meisten von Jordans Freunden waren wie er im letzten Schuljahr, und wie Jordan waren die meisten ziemlich sportlich. Viele von ihnen kannten Mary, hatten aber mit Lucy noch kein einziges Wort gewechselt.

»Cooler Rock«, sagte Gary anerkennend. Lucy lächelte.

»Geht ihr nachher noch mit zum Bowling?«, fragte Darrell, obwohl Lucys Aufmachung deutlich dagegensprach. »Oder wollt ihr ins Billardcafé?«

»Mal sehen«, erwiderte Jordan.

»Wir machen heute etwas ganz Besonderes«, erklärte Lucy.

»Und was?«, wollte Darrell wissen.

Jordan zuckte die Achseln. »Keine Ahnung. Mir ist das auch neu.«

Wieder war es Lucy, die das Wort ergriff. »Wir wollen heute Abend einfach nur allein sein.«

»Oha.« Gary stieß einen viel sagenden Pfiff aus. »Allein, ja? Wollt ihr vielleicht zu McArthur's Point fahren?«

Jordan wurde rot. »Blödsinn. Weißt du was Lucys Vater mit mir anstellen würde?«

Lucy stieß Jordan mit dem Ellenbogen an, um ihn zum Schweigen zu bringen.

»Nicht so eilig«, meinte sie. »Es könnte doch ganz lustig sein, zu McArthur's Point zu fahren.«

Zu Jordans Erleichterung wechselte Gary das Thema. »Darrell wollte heute eigentlich zu der Basketball-Pyjamaparty«, erzählte er. »Aber seine Eltern haben herausgefunden, dass auch Mädchen kommen.«

»Wieso mussten Sie es denn erst herausfinden?«, fragte Hutch verständnislos.

»Weil ich es ihnen nicht gesagt habe«, antwortete Darrell. »Ich fand nicht, dass ich etwas Verbotenes tue.«

»Und warum hast du ihnen dann nichts davon erzählt?«, fragte Gary. »Ich meine, wenn du denkst, dass es okay ist, dann hättest du deinen Eltern ja auch sagen können, dass zu der Party Jungs und Mädchen kommen!«

Darrell zuckte nur die Achseln.

»Na ja, wie auch immer«, sagte Gary. »Kann sein, dass die Party sowieso nicht stattfindet. Ich habe gehört, dass die Caldwells dieses Wochenende unbedingt weg mussten. Irgendein Trauerfall in der Familie oder so.«

Darrell zog ein Gesicht. »Vielleicht verpasse ich jetzt erst recht was!«

Gary stieß seinen Freund an »Komm, vergiss es. Wir haben auf der Bowling-Bahn garantiert mehr Spaß.«

Hutch wandte sich wieder an Jordan und Lucy. »Seid ihr sicher, dass ihr nicht mitkommen wollt?«

»Vielleicht später noch«, antwortete Jordan.

Das Gespräch wandte sich den örtlichen Basketballteams und den kommenden Meisterschaften zu und Lucy fing bald an sich zu langweilen. Sie zog Jordan von seinen

Freunden weg. »Lass uns etwas essen. Ich bin total ausgehungert!«

Sie reihten sich in die Schlange vor den Theken ein und warteten, bis sie an der Reihe waren.

»Willkommen im Dairy Shack.«

»Hi, Arnold«, sagte Lucy ohne Begeisterung. Der Junge, der sie bediente, war ihr bekannt: Er war erst kürzlich der Kirche ihres Vaters beigetreten.

Arnold rückte sein Papierkäppchen zurecht. »Und was darf ich euch bringen? Es gibt heute ein paar Specials – wie haben Fish und Chips mit Malzessig ... Hähnchenbrust mit der Dairy Shack-Spezialsauce ... und wie wäre es mit einem Black-and-White-Milchshake? Davon gibt es heute zwei zum Preis von einem ...«

Jordan drehte sich zu Lucy um. »Das Übliche?«

Sie nickte.

»Also zwei Burger mit allem drauf«, sagte Jordan, »plus Fritten und zwei Cola.«

Arnold nickte und schrieb die Bestellung auf.

»Hier essen oder zum Mitnehmen?«

»Hier«, sagte Jordan.

Wieder wurde ihm ein Ellenbogen in die Seite gestoßen. Jordan rieb sich die malträtierten Rippen.

»Lieber zum Mitnehmen«, sagte Lucy und trat neben Jordan an die Theke.

»Mitnehmen?« Jordan sah sie verwirrt an. »Wohin denn mitnehmen?«

Lucy lächelte ihn an. »Können wir nicht einfach irgendwo parken und im Auto essen?«

»Parken? Wo denn?« Jordan ahnte es schon, wollte es jedoch von Lucy selbst hören.

Lucy enttäuschte ihn nicht. »Wie wär's denn mit McArthur's Point? Fahren da nicht alle hin, die allein sein wollen?«

Jordan betrachtete Lucy eine Weile schweigend. »Ich glaube kaum, dass deinen Eltern das gefallen würde.«

»Ganz bestimmt würde ihnen das nicht gefallen«, mischte Arthur sich ein.

Lucy warf ihm einen warnenden Blick zu und wandte sich dann demonstrativ an Jordan. »Er ist erst kürzlich in unsere Kirche eingetreten«, erklärte sie ihm. »Er ist ein bisschen übereifrig, was die Moral angeht.«

»McArthur's Point ist nicht gerade ein sicherer Ort«, warf Jordan ein. »Im übrigen ist es nie sicher, irgendwo an einer dunklen Straße zu parken. Man kann nie wissen, was für Spinner sich draußen gerade herumtreiben.«

»Aber mit dir habe ich keine Angst«, sagte Lucy.

Doch Jordan gab nicht nach. »Wir essen es hier«, sagte er zu Arnold. Dieser grinste.

Während Arnold das Bestellte holte, sah Lucy ihrem Freund direkt in die Augen. »Findest du mich nicht attraktiv?« Ihre Stimme war traurig.

Jordan starrte sie sichtlich entsetzt an. »Aber natürlich!«

»Und warum können wir dann nicht zu McArthur's Point fahren?«

»Weil ich dich auf gar keinen Fall zu irgendeinem von diesen Knutschplätzen schleppen will.«

»Du findest mich also so hässlich?«

»Nein, aber –«

»Aber du willst einfach nicht mit mir allein sein?«

Jordan sah aus wie einer, den man in die Enge getrieben hat. »Das hab ich damit nicht gemeint.«

»Was genau *hast* du denn gemeint? Bei einer anderen hast du diese Bedenken ja offensichtlich nicht gehabt! Woran liegt's? War sie hübscher als ich?«

Jordan sah aus dem Augenwinkel, dass Arnold interessiert zuhörte. »Suchen wir uns einen Tisch, dann können wir reden.«

»Reden wir dann auch darüber, ob wir irgendwo hinfahren, wo wir allein sein können?«

Jordan musste unwillkürlich lachen.

»Das ist nicht lustig«, fauchte Lucy.

»Hey«, sagte Jordan grinsend. »Ich bin älter und stärker als du. Du kannst mich nicht dazu zwingen, etwas zu tun, was ich nicht will.«

Lucy hob trotzig das Kinn. »Ich will dich überhaupt nicht zu irgendwas zwingen. Ich möchte doch bloß das Gefühl haben, dass du mich wenigstens ein bisschen attraktiv findest!«

Jordan starrte Lucy an, die seinem Blick standhielt. Selbst als Arnold das Tablett mit der Bestellung brachte, wandte er den Blick nicht von ihr. »Pack es uns ein«, sagte er plötzlich.

Ein Lächeln erschien auf Lucys Gesicht, als sie seinen Arm nahm. Der Junge hinter der Theke bedachte sie mit einem missbilligenden Blick. »Halt bloß den Mund, Arnold«, sagte Lucy.

Arnold packte ihr Essen in zwei große Papiertüten, sagte aber nichts mehr. Jordan bezahlte.

Dann führte er sie aus dem Restaurant. »Wenn deine Eltern das rauskriegen, sind wir beide erledigt.«

7

Mary drückte sich in den Sessel, der sich in einer Ecke des abgedunkelten Wohnzimmers befand, und wünschte sich, unsichtbar zu sein. Als es an der Tür klingelte, sah sie hoffnungsvoll auf. Doch sie hatte die zwei Jungen, die gerade eintrafen, noch nie gesehen.

»Hey, Carlos und Vincent sind hier!«, rief jemand.

Sofort kamen ein paar Leute auf die beiden Neuankömmlinge zu, um sie zu begrüßen.

Mary hatte die Namen schon gehört. Es dauerte einen Moment, bis ihr einfiel, dass es sich um zwei Basketballer aus dem Conroy-High-Team handeln musste.

Was hatten die denn hier zu suchen? Sie hatte gedacht, die Party sei nur für Walter-Reed-Schüler.

Sie sah, wie Carlos Tina Caldwell an sich riss und umarmte. Als diese sich dagegen wehrte, küsste er sie. Vincent lachte über seinen Freund, doch Tina machte nicht den Eindruck, als ob sie das lustig finden würde.

Wieder veränderte sich die Musik, noch mehr Lichter gingen aus. Neue Paare fanden sich zusammen und begannen zu tanzen. Mary entdeckte ein Mädchen aus ihrem Team auf der Couch mit ihrem Freund. Die beiden benahmen sich, als seien sie bei McArthur's Point, nicht in einem Wohnzimmer voller Leute.

»Das muss ich mir ja wohl nicht angucken«, murmelte Mary.

Sie stand auf und ging in die Küche, in der das Buffet aufgebaut worden war. Auf der Arbeitsfläche stand eine Auswahl an Brot, Knabberzeug und anderen Snacks. Mary schenkte sich ein großes Glas Milch ein und fing an, sich einen Teller zu beladen.

Plötzlich wurde sie von starken Armen gepackt.

Mary fuhr herum und sah, dass es Vincent war, der sie festhielt. »He, Finger weg, du Spinner!«, fauchte sie.

Doch Vincent dachte nicht daran. Obwohl Mary sich gegen ihn stemmte, gelang es ihr nicht, sich zu befreien.

»Du bist Mary Camden, oder? Du bist ja eine ganz Süße!«

»Na und?« Mary, die sich noch immer in seinem Griff wand, begann vor Anstrengung zu keuchen. Je heftiger sie sich gegen ihn wehrte, desto fester zog er sie an sich.

»Gib mir einen Kuss«, verlangte Vincent.

Angewidert verdoppelte Mary ihre Bemühungen, doch er war zu stark für sie.

»Sollen wir noch eine Runde *Häschen hüpf* spielen?«, fragte Simon hoffnungsvoll.

Ruthie starrte ihn voller Verachtung an. »Bist du verrückt?«, keifte sie gereizt. »Ich dachte, wir tun, was ich will!«

»Und ich dachte, du *wolltest* dieses blöde Spiel spielen!«

»Nein, ganz bestimmt nicht!«

Simon verdrehte die Augen. »Aber was willst du denn spielen?«

Ruthie legte einen Finger ans Kinn und dachte eine Weile nach.

»Ich will Inline Skates laufen«, sagte sie schließlich.

»Aber du hast Mom versprochen, nicht aus dem Haus zu gehen.« Simons Stimme hatte einen beinahe flehenden Unterton.

»Stimmt«, sagte Ruthie. »Was bedeutet, dass du mir hier im Wohnzimmer Platz schaffen musst.«

»Das kann ich nicht!«, protestierte Simon.

»Dann schrei ich eben so lange, bis die Nachbarn mich hören.« Ruthie verschränkte die Arme vor der Brust und holte tief Luft.

Simon sprang auf und hielt die Hand vor den Mund. »Okay, okay!«, sagte er hastig. »Hol deine Inliner!«

Ruthie rannte hinaus und Simon rieb sich das Gesicht. Er konnte nur hoffen, dass Babysitten nicht immer so hart sein würde.

»Du hast eine Sekunde, um mich loszulassen!«, schrie Mary.

Vincent lachte leise und lockerte seinen Griff.

Hastig trat Mary zurück, das Milchglas immer noch in ihrer Hand. »Sag mal, was bist du eigentlich für ein Idiot?«

»Hey!«, sagte Vincent beleidigt. »Tina hat gesagt, dass ihre Eltern nicht hier sind und es eine ziemlich lustige Party geben würde.«

»Lustig bedeutet aber nicht, dass man jedes Mädchen, das einem über den Weg läuft, betatscht!«, belehrte ihn Mary. »Du kannst ja wohl nicht ernsthaft glauben, dass ich das will!«

»Wieso nicht? Immerhin bist du hier«, gab Vincent zurück.

»Was soll denn das heißen?«

»Das hier ist eine gemischte Pyjamaparty. Und die sind schließlich dazu da, sich mit dem anderen Geschlecht zu befassen.«

Mary verdrehte die Augen zur Decke. »Oh, du denkst also, dass alles klar ist, sobald die Lichter gedämpft werden und Schmusemusik gespielt wird?«

Vincent warf sich einen Kartoffelchip in den Mund. »So ungefähr, ja.«

»Tja, wenn du das wirklich glaubst, bist du einfach nur dumm.«

In diesem Augenblick kam ein Pärchen in die Küche. Es waren Carlos und Rita, ein Mädchen aus Marys Team. Carlos hatte die Arme um Rita gelegt und sie kicherte aufgeregt.

Ohne auf die beiden in der Küche zu achten, schob Carlos das Mädchen auf die Kellertür zu. »Wir sind gleich allein«, flüsterte er, während Rita, immer noch kichernd, die Tür nach unten öffnete.

Als sie verschwunden waren, herrschte einen Moment Schweigen. Dann deutete Vincent mit dem Daumen auf die Kellertür. »Da fragt man sich doch, wer von uns beiden wirklich der Dumme ist.«

Mary sah ihn nur wütend an.

Vincent wandte sich zum Gehen. »Aus welchem Grund sollte man sonst auf eine Party kommen, bei der alle Gäste über Nacht bleiben?«, fragte er sie über seine Schulter hinweg.

Als er die Küche verlassen hatte, starrte Mary auf ihren Teller.

Irgendwie hatte sie plötzlich keinen Hunger mehr.

Ruthie fuhr einen Schlenker, um dem Tisch in der Eingangshalle auszuweichen. Es gelang ihr jedoch nicht ganz, so dass eine ihrer Skates gegen das Tischbein krachte. Simon sah entsetzt, wie die Vase schwankte, wie durch ein Wunder jedoch nicht kippte.

Ruthie fuhr weiter. Bald wurde ihr der Parcours, den

Simon für sie abgesteckt hatte, zu langweilig. Anstatt die Innenkante des Teppichs entlang zu fahren, rollte sie auf den Holzboden und schoss durch die Tür ins Wohnzimmer, dann ins Esszimmer.

»Du sollst doch auf dem Teppich bleiben!«, flehte Simon.

»Geht nicht!«, erwiderte Ruthie.

»Warum denn nicht?«

»Da kriege ich ja überhaupt keine Fahrt drauf!«

»Ruthie!«, brüllte Simon. »Brems jetzt sofort ab!«

»Aber dann macht es keinen Spaß mehr. Ich will frei sein!«

Ruthie schoss an ihm vorbei. Die Locken unter dem Helm wehten im Fahrtwind. Im Wohnzimmer wendete sie und legte wieder an Tempo zu. Simon versuchte sie zu packen, als sie erneut an ihm vorbeijagte, doch sie war zu schnell.

Es kam, wie es kommen musste. Plötzlich merkte Ruthie, dass sie nicht mehr bremsen konnte. Sie rollte auf den Beistelltisch neben der Couch zu und rang um ihr Gleichgewicht.

»Oh, nein!«, schrie Simon und machte instinktiv einen Satz nach vorne, um sie zu festzuhalten. In seiner Hast stolperte er über seine eigenen Füße und ging zu Boden.

»Pass auf!«, brüllte er noch.

Doch seine Warnung kam zu spät. Mit dem Kopf voran rummste Ruthie gegen den Couchtisch. Als der Helm auf das Holz traf, krachte es gefährlich. Das kleine Mädchen prallte ab und plumpste rückwärts auf den Boden.

Sie kicherte atemlos. »Echt irre Fahrt!«

Die Wucht ihres Aufpralls hatte eine Lampe auf dem Tisch zum Wanken gebracht. Sie fiel aufs Sofa und man hörte das Knirschen, als die Birne zerbrach. Im Wohnzimmer wurde es dunkel.

Simon kam hastig auf die Füße und stürmte durch den Raum. Doch zu Ruthies Überraschung ignorierte er sie und rannte statt dessen zum Hauptlichtschalter weiter.

Als es wieder hell wurde, sah Simon, dass überall Glasscherben herumlagen. Zum Glück war die Lampe selbst nicht beschädigt worden. Er stellte sie behutsam auf den Tisch zurück und ging hinaus, um Handfeger und Schaufel zu holen.

Ruthie kämpfte sich mühsam auf die Füße und sah zu, wie Simon das Glas zusammenkehrte und eine neue Glühbirne in die Fassung schraubte.

»Du sollst auf *mich* aufpassen«, sagte sie empört. »Nicht auf die blöde Lampe!«

Simon sah sie vorwurfsvoll an. »Du hättest dir richtig weh tun können. Das war keine besonders schlaue Aktion.«

Ruthie grinste. »Ich bin noch klein. Ich muss nicht schlau sein!«

Als Simons Blick zufällig auf die Eingangshalle fiel, stieß er erneut einen entsetzten Schrei aus. Die Hartgummiräder von Ruthies Skates hatten auf dem polierten Holz schwarze Streifen hinterlassen.

»Ich habe dir doch gesagt, dass du unbedingt auf dem Teppich bleiben sollst!«, brüllte er.

Ruthie fand den Tonfall ihres Bruders derart unverschämt, dass sie beschloss, sich nicht um seine Proteste zu kümmern. Sie stieß sich wieder ab, rollte auf den Holzboden und jagte davon.

Simon ließ den Handfeger fallen und rannte zum Besenschrank, wo er Lappen und Bohnerwachs fand. Die nächste halbe Stunde über folgte er Ruthie auf den Knien und beseitigte die Spuren, die ihre Skates auf den Dielen hinterließen.

»*Das* macht Spaß!«, rief sie, als sie endlich zum Stehen kam.

Simon war augenblicklich bei ihr. »Hab dich!«, brüllte er. Er stieß seine Schwester in einen Sessel. »Zieh sofort die Dinger aus!«

Ruthie kam zu dem Schluss, dass es weiser war zu gehorchen, also zog sie ihre Skates aus. Aber sie dachte nicht daran, ohne Widerworte aufzugeben. »Du hast mir versprochen, dass wir das tun würden, was ich will«, sagte sie. »Und ich wollte eben Inline Skates laufen.«

»Und ich habe dir auf dem Läufer einen Parcours abgesteckt.«

»Hör doch auf mit dem Teppich!«, jammerte Ruthie. »Ich will den Fahrtwind in meinem Gesicht spüren!«

»Du musst eben was anderes wollen!« Simon warf die Skates in eine Ecke. »Hiermit kriegen wir jedenfalls dicken Ärger.«

»Ich nicht. Ich kriege keinen Ärger.« Ruthie hob trotzig ihr Kinn. »Ich bin ja nicht der Babysitter!«

Simon ließ sich auf die Knie fallen. »Bitte, Ruthie«, flehte er. »Bitte, bitte, bitte, bitte!«

Ruthie gab nach. »Okay«, meinte sie und sah sich um. »Wir könnten Seilspringen.«

»Wir haben Mom versprochen, dass wir nicht aus dem Haus gehen«, antwortete Simon, der Verzweiflung nah.

Ruthie deutete aufs Foyer. »Wir könnte es doch da machen.«

Simon schüttelte unschlüssig den Kopf.

»Du bindest ein Ende vom Seil ans Geländer und nimmst das andere in die Hand«, schlug Ruthie vor.

»Zu eng. Wer weiß, was wir mit dem Seil alles runterreißen.«

»Schieb den Tisch weg!«, schlug Ruthie vor. »Dann haben wir genug Platz.«

»Also gut«, antwortete Simon niedergeschlagen.

»Ich hol eben mein Seil!«, rief Ruthie und sprang vor Begeisterung ein paarmal auf und ab. »Du bist der beste Babysitter, den ich je hatte.«

Simon sah seiner Schwester grinsend nach, bis sie oben an der Treppe verschwunden war. Dann stemmte er sein ganzes Gewicht gegen den schweren Tisch. Vergebens.

In diesem Moment kam Matt die Treppe herunter. Er ging an Simon vorbei, der sich noch immer mit dem Tisch abmühte.

»Wie wär's, wenn du mir hilfst?«, fragte Simon.

»Geht nicht«, antwortete Matt ohne anzuhalten. »Ich bin mitten in einem Denkprozess und will auf keinen Fall den roten Faden verlieren.«

»Das ist verständlich!«, rief Simon ihm hinterher. »Denkprozesse sind ja bei dir selten.« Wieder versuchte er, den Tisch anzuschieben, doch erneut tat sich nichts.

Ruthie kehrte mit ihrem Springseil in der Hand zurück.

»Tut mir Leid«, sagte Simon. »Das wird wohl nichts. Der Tisch bewegt sich keinen Zentimeter.«

Ruthie ging ihm zur Hand, doch auch zusammen reichte ihre Kraft nicht aus.

Simon seufzte. »Wir werden wohl was anderes spielen müssen. Soll ich dir in deinem Zimmer etwas vorlesen?«

Ruthie verdrehte entnervt die Augen. »Vergiss es.«

»Was willst du dann?«

Ruthie dachte einen Moment nach. Dann huschte ein Lächeln über ihr Gesicht. »Wir wär's mit Räuber und Gendarm?«

Simon sah sie misstrauisch an. »Und wie geht das laut Ruthie Camden?«

»Ich bin der Polizist und du der Räuber.«

»Du hast doch nicht etwa Handschellen?«

Ruthie schüttelte den Kopf. »Nein, Blödian. Aber das Seil hier kann mitspielen.«

Simon blickte zur Zimmerdecke. »Irgendwie hab ich kein gutes Gefühl dabei.«

Mary hatte sich in eine Abstellkammer zurückgezogen, als sie eine bekannte Stimme hörte. Sie sprang auf die Füße und öffnete die Tür einen Spalt. Etwas weiter entfernt entdeckte sie Frank, der sich mit einem Freund unterhielt.

»Hey, Frank«, zischte sie. »Hier drüben.«

Mary wusste nicht viel über Frank Malone. Er war mit seiner Familie letztes Jahr von Kalifornien hergezogen und ging in ihre Schule. Seine Familie kam sonntags in die Kirche, in der ihr Vater arbeitete, aber Frank redete nicht besonders viel – weder in der Kirche noch in der Schule.

Obwohl Frank ziemlich sportlich war, schien er mehr an Computern und den anderen Fächern interessiert zu sein. Bisher hatte Mary ihn noch nie unter dem Aspekt betrachtet, ob er ihr »Typ« war oder nicht.

»Hey, Frank ... Frank Malone!«, rief Mary. »Hier drüben!«

Frank sah sich einen Moment verwirrt um, bevor er sie entdeckte. »Mary!«, sagte er überrascht. »Ich wusste ja gar nicht, dass du auch hier bist.«

Er schaute sich im Wohnzimmer um und sein gutaussehendes Gesicht verzog sich angeekelt. »Das ist meine erste Pyjamaparty hier. Läuft das immer so?«

»Tina Caldwells Eltern sind übers Wochenende verreist«, erklärte Mary. »Die wilden Tiere haben die Herrschaft im Zoo übernommen.«

Zu Franks Erstaunen packte Mary ihn plötzlich am Hemd und zerrte ihn zu sich in die Kammer. »W-was machst du denn da?«, stotterte er. Ganz offensichtlich war ihm die Situation unangenehm.

»Sch!« Mary legte ihm eine Hand auf den Mund. »Ich verstecke mich!«

»Du versteckst dich?« Nun war Frank total verwirrt.

Mary drückte ihn auf ihren Schlafsack und setzte sich neben ihn. »Ich ... ich fühle mich hier nicht besonders wohl. Ich weiß ja, dass wir beide uns praktisch nicht kennen, aber du gehst bei uns in die Kirche und ... na ja.« Sie ließ das Ende des Satzes offen und schauderte. »Diese Party macht mir eine Gänsehaut.«

Frank nickte. »Tina hätte absagen sollen, als feststand, dass ihre Eltern weg müssen.«

»Vielleicht haben ihre Eltern geglaubt, sie hätte es getan.«

»Ja, möglich.« Er sah sie an und sie wich seinem Blick nicht aus. »Vielleicht sollten wir abhauen.«

Mary schüttelte heftig den Kopf.

»Ich kann nicht nach Hause«, sagte sie leise. »Was soll ich nur meiner Mutter erzählen? Dass hier alles aus dem Ruder gelaufen ist? Dass sich die Jungs hier auf die Mädchen stürzen? Sie weiß ja nicht mal, dass überhaupt Jungs hier sind.«

»Es sind auch ein paar Mädchen hier, die sich auf die Jungs gestürzt haben!«, korrigierte Frank sie.

»Meinetwegen.«

»Also – was sollen wir tun?«, fragte er. »Die ganze Nacht in der Abstellkammer verbringen?«

Mary sah ihn flehend an.

Frank seufzte. »Okay. Aber sobald es da drin etwas weniger heiß hergeht, kehren wir ins Wohnzimmer zurück.«

Mary betrachtete Frank Malone genauer. Sie spürte, dass er sich gerne mit ihr unterhielt, aber sie spürte ebenso, dass er sich im Augenblick nicht wohl fühlte.

Wahrscheinlich ist er schüchtern, dachte Mary.

»Ich kann's kaum fassen«, sagte sie. »Wir haben uns schon oft am Freitagabend zum Übernachten getroffen, aber so was ist bisher noch nie passiert.«

»Ich bin eigentlich nicht besonders überrascht.«

»Hm?«

»Ich wäre gar nicht gekommen, wenn ich gewusst hätte, dass Tinas Eltern nicht auch dabei sind«, erklärte Frank. »Wenn Jungs und Mädels gemeinsam übernachten und keine Eltern als Aufpasser da sind – meinst du nicht, dass das falsch ist?«

»Nein«, erwiderte Mary. »Grundsätzlich ist da nichts dabei.«

»So siehst du es vielleicht.«

»Was meinst du damit?«

Frank zuckte die Achseln. »Obwohl du dich nicht wohl fühlst, hältst du das alles für harmlos, aber das ist es nicht.«

»Ich begreife noch immer nicht, was du meinst.«

»Du denkst, wir sind alle nur hier, um ein bisschen unschuldigen Spaß zu haben«, sagte er. »Tatsache ist aber, dass ein paar von den Jungs – und auch ein paar von den Mädchen – aus anderen, gar nicht unschuldigen Gründen hier sind.«

Er schwieg einen Moment. »Das mag dir nicht gefallen«, fuhr er schließlich fort. »Aber das ist die Realität.«

Mary nickte. Sie hatte es endlich verstanden.

Er deutete auf Marys Rucksack. »Hast du da irgendwas zu essen drin?«, fragte er. »Ich hab Kohldampf.«

»Ich hatte mir einen Teller fertig gemacht, aber der steht jetzt in der Küche«, antwortete Mary. »Ich hab die noch.«

Mary holte die Kekse von ihrer Mutter hervor. »Du kannst auch gerne was von meiner Milch haben.«

Matt öffnete den Kühlschrank und holte sich die Milch heraus. Dann blickte er sich nach etwas Essbarem um.

»Kein Kuchen«, murmelte er. »Dann muss ich mich wohl mit Keksen zufrieden geben.« Er schenkte sich ein Glas mit

Milch ein und griff dann nach der Keksdose. Zu seinem Missvergnügen war sie leer.

Doch die Enttäuschung hielt nicht lange an. So wie er seine Mutter kannte, hatte sie irgendwo noch einen Keksvorrat versteckt. Nachdem er im Ofen, im Schrank und unter dem Obstkorb nachgesehen hatte, entdeckte er den Teller in der Mikrowelle.

»Also wirklich, Mom«, murmelte er. »Da musst du dich schon mehr anstrengen.«

Während er ein paar Kekse aß, dachte Matt über Lucys Idee nach. Leute nach ihrem »ersten Mal« zu befragen, klang gut, aber er hatte immer noch Probleme, den Gedanken in ein echtes Konzept umzuformen.

Er wünschte, Lucy wäre hier. Da sie schon die Idee hatte, würde ihr bestimmt auch einfallen, wie sie auszuführen war. Oh, Mann, das muss man sich vorstellen: Er zerbrach sich den Kopf wegen einer Idee und seine kleine Schwester schüttelte sie aus dem Ärmel! Nachdenklich rieb er sich den Nacken. Vielleicht war sie doch schon reifer, als er dachte.

Matt schluckte, als ihm plötzlich ein Gedanke kam. Nein! Das konnte nicht sein. Nicht seine kleine Schwester!

Wie war das noch gewesen? Lucy war in sein Zimmer gekommen und hatte ihm ihre Idee präsentiert. *Wie wäre es denn, wenn du dich mit den Erfahrungen beim ersten Mal beschäftigst?*

Matt schlug sich mit der Hand vor die Stirn. »Ich Idiot!«

Er schnappte sich Autoschlüssel und Jacke, verließ das Haus durch die Hintertür und sprang in seinen Wagen. Die Räder drehten durch, als er mit Vollgas anfuhr, doch Matt hatte nur einen Gedanken im Kopf.

Ich muss Lucy finden, bevor sie den Fehler ihres Lebens begeht!

8

Sam sah Barbara eindringlich an. »Aber ich liebe dich doch!«

Roger und Cassandra hatten sich an einen anderen Tisch zurückgezogen und waren ganz in ihr Gespräch vertieft. Der Reverend und seine Frau hatte sich in eine der Nischen gesetzt und beobachteten die beiden Paare, die ihre Probleme in den Griff zu bekommen versuchten.

Sam streckte den Arm über den Tisch aus und berührte Barbaras Hand. Sie fuhr zurück, als hätte sie sich verbrannt. Sams Miene verfinsterte sich, als er seine Hand wieder zurückzog.

»Wenn du mich wirklich lieben würdest, hättest du nicht mit mir geschlafen, als ich erst fünfzehn war«, brachte Barbara gepresst hervor.

Er schüttelte den Kopf. »Aber ich wollte es, weil du mir so viel bedeutet hast.«

»Du hättest warten müssen, bis ich dazu bereit war. Ich wusste doch überhaupt noch nicht Bescheid!« In Barbaras Augen schimmerten Tränen. »Sieh mich doch an«, schluchzte sie und legte ihre Hände auf den Bauch. »Ich bin sechzehn und kriege ein Kind. Und ich habe furchtbare Angst!«

»Ich habe dich damals zu nichts gezwungen. Du hast es doch auch gewollt!«

»Ja, vielleicht, aber was heißt das schon?«, fuhr sie ihn an. »Du bist älter und hättest klüger sein sollen. Wenn du mich wirklich geliebt hättest, dann hättest du deine Verantwortung ernster nehmen müssen.«

Sam sah ihr direkt in die Augen. Seine Stimme klang sanft. »Ich nehme sie vor allem jetzt sehr ernst. Ich habe einen Job. Wir haben eine Zukunft. Und ich werde dich heiraten.«

»Eine Zukunft?« Barbara lachte auf. »Du nennst es Zukunft, Tische im Billardcafé abzuwischen?« Wieder traten ihr die Tränen in die Augen. »Das ist ja nicht einmal ein Anfang!«

»Ich weiß, dass die Bedingungen nicht gerade hervorragend sind. Aber ich schwöre dir, ich werde tun, was ich kann. Für dich. Für das Baby. Für uns!«

Barbara begann zu weinen.

»Du willst mich doch nur heiraten, weil ich ein Kind kriege. Wenn es nicht so wäre, dann würdest du nicht mal daran denken ... und ich auch nicht!«

Sam senkte den Blick und sah auf die Tischplatte. Dazu gab es nichts mehr zu sagen. Denn sie hatte Recht.

Roger mied hartnäckig Cassandras Blick. Er hatte sich zwar wieder etwas beruhigt, doch sein Gefühlsausbruch hatte Cassandra nachhaltig verunsichert.

»Es ist einfach nicht fair«, sagte Roger nach einem langen Schweigen. »Wir waren nicht mal sechs Monate zusammen und jetzt sollen wir unser ganzes Leben zusammen verbringen.«

Cassandra schaute überrascht auf. »Willst du etwa heiraten?«

»Nein!«, fuhr Roger sie an. »Will ich nicht. Jedenfalls nicht dich!«

»Was dann?«

»Begreifst du's denn nicht? Das Baby ist von uns beiden, und ob wir es wollen oder nicht – diese Verbindung zwischen uns wird ein ganzes Leben lang bestehen.«

Die Erkenntnis traf Cassandra wie ein Schlag. Traurig senkte sie den Blick. Unerwartet hob Roger die Hand und streichelte ihre Wange. Sie war so überrascht von dieser zärtlichen Geste, dass sie kein Wort hervorbrachte.

Seine Stimme war sanft, als er fortfuhr. »Die Verbindung ist unser Kind. Ein hilfloses Kind, dass überhaupt keine Wahl hat.«

Durch die Tränen, die nun über ihre Wangen strömten, nickte Cassandra.

»Ich denke, wir schulden es diesem Kind, wenigstens Freunde zu bleiben«, sagte Roger. »Und uns gegenseitig zu unterstützen, damit es ein gutes Leben hat.«

Cassandra berührte seine Hand und augenblicklich zog er sie zurück. Erneut blitzten seine Augen vor Zorn auf. »Wie konntest du das nur tun? Wie konntest du was mit meinem Bruder anfangen, wenn du wusstest, dass du schwanger bist?«

Cassandra spürte, wie sich nun auch in ihr der Zorn regte. »Ich wollte es dir heimzahlen, weil du mir das hier angetan hattest!«

Roger schüttelte den Kopf. »Ich frage mich, was das Kind mal von uns denken wird. Was wird es wohl davon halten, dass wir es unüberlegt in die Welt gesetzt haben?«

Cassandra blinzelte. »Es ist kein *es*«, sagte sie kühl. »Sondern ein Junge.«

Roger sackte in sich zusammen. Wieder begannen die Tränen zu fließen.

Mrs. Camden wollte aufstehen und zu ihrem Tisch hinüber gehen, doch der Reverend hielt sie zurück.

»Lass sie allein«, sagte er. »Das müssen sie unter sich ausmachen.«

Mrs. Camden nickte; ihr Mann hatte natürlich Recht. Wenn sie alt genug waren, Kinder zu machen, dann waren sie auch alt genug, wenigstens den Versuch zu unternehmen, mit ihren Problemen allein fertig zu werden. Also setzte sie sich wieder hin und sah von einem Tisch zum anderen.

»Sieht nicht so besonders gut aus«, bemerkte sie schließlich.

Der Reverend nickte. »Wenn Minderjährige Kinder bekommen, sind die Probleme immer gewaltig.«

»Sie sind definitiv zu jung«, stimmte Mrs. Camden ihm seufzend zu.

»Willst du mich denn nicht küssen?«, fragte Lucy.

Jordan verschluckte sich und hätte beinahe den Rest seines Hamburgers fallen gelassen. »Wa-was?« Mit Hilfe der Cola spülte er den trockenen Bissen in seinem Hals herunter. »Na klar will ich dich küssen.«

Nervös blickte er durch die Windschutzscheibe, während Lucy neben ihm wütend schwieg. Sie hatten den Wagen am McArthur's Point geparkt, wo es trotz des Freitagabends noch sehr leer war. Die meisten Pärchen würden erst später auftauchen. »Lucy«, begann Jordan schließlich. »Ich küsse dich jedesmal, wenn wir zusammen sind. Ich küsse dich in der Schule, wenn wir uns in den Pausen treffen. Was willst du denn noch?«

Sie sah ihn direkt an. »Sag mal, gefällt es dir eigentlich, wenn du mich küsst?«

»Na sicher!«, gab Jordan genervt zurück. »Ich lebe nur für diesen Augenblick. Ich träume davon. Mein Leben ist nichts ohne diese Küsse.«

»Hör auf, mich zu veräppeln«, fauchte Lucy. »Ich meine es ernst.«

Eine Weile sagte keiner etwas. Jordan machte den Anfang. »Was ist denn überhaupt los mit dir? Seit ein paar Tagen benimmst du dich wirklich merkwürdig.«

Nervös tippte Lucy mit dem Finger gegen das Fenster »Ich weiß auch nicht. Vielleicht frag ich mich einfach, was du wirklich für mich empfindest.«

Jordan lächelte. »Das kann ich dir ganz einfach beantworten. Ich hab dich lieb. Sehr sogar.«

»Ach ja?« Lucy hob die Schultern. »Tja, und jetzt sind wir endlich mal allein. Warum küsst du mich nicht?«

Jordan erstarrte. »Ich weiß es nicht.

»Ich beiße nicht.«

»Okay.« Jordan lachte etwas zu aufgesetzt. »Wir bleiben einfach eine Weile hier und unterhalten uns. Und ausgerechnet dann, wenn du gerade nicht damit rechnest, küsse ich dich.« Er wandte den Kopf und sah sie an. »Ist das okay?«

Lucy zuckte die Achseln. »Du musst es aber doch selbst wollen«, flüsterte sie.

»Das tu ich!«

Lucy sah ihrem Freund direkt in die Augen. »Wenn du das tust«, sagte sie eindringlich, »wenn du das wirklich tust, dann musst du mir es hier und jetzt beweisen ...«

Matt hielt vor dem Dairy Shack an und blockierte mit seinem Wagen einen Van voll mit Leuten aus dem Crawford College. Matt kümmerte sich nicht darum und sprang aus dem Auto.

»Hey, Camden, bist du das?«, rief einer der Jungs aus dem Van hinter ihm her.

Matt wandte sich um und winkte, hielt jedoch nicht an.

»He, komm zurück, Mann!«, brüllte der Fahrer. »Fahr deine Schrottkiste aus dem Weg!«

Aber Matt war schon im Laden. Drinnen sah er sich nach Lucy und Jordan um, konnte sie aber nirgendwo entdeckte. Er schob sich durch die Schlangen, die vor der Theke standen. Verärgerte Rufe folgten ihm, doch Matt kümmerte sich nicht darum.

Er drängte sich vor ein hübsches Mädchen, das direkt an der Theke stand. »Entschuldige.«

Arnold, der auf der anderen Seite stand, grüßte ihn. »Hi, Camden! Willst du deinen alten Job zurück?«

»Ha ha!«, machte Matt humorlos.

»Was kann ich für dich tun?«, fragte Arnold. »Du siehst aus, als hättest du es eilig.«

»Hast du Lucy gesehen? Sie ist mit einem großen Blonden unterwegs.«

Arnold kratzte sich unschlüssig am Kopf. »Du meinst Jordan?«

»Genau.«

»Lenny!«, rief Arnold über die Schulter. »Kannst du mal eben übernehmen? Ich brauche ’ne kurze Pause.«

Einen Moment später führte er Matt zu einem leeren Tisch. Sie setzen sich und Arnold begann mit leiser Stimme zu sprechen. »Sie waren hier. Vor etwa einer Stunde.«

»Bist du sicher?«

Arnold nickte. »Sie haben bei mir bestellt.«

»Was ist los, Arnold? Du verschweigst mir doch was.«

Arnold zupfte sich voller Unbehagen am Kragen seiner Uniform. »Na ja … so wie es sich anhörte, wollten sie zu McArthur’s Point.«

Matt blinzelte. Arnold beugte sich verschwörerisch vor und flüsterte: »Deine Schwester war es, die das wollte …«

Matt stand so hastig auf, dass sein Stuhl hintenüber

kippte. Die Gäste im Dairy Shack wandten die Köpfe. Doch Matt war beinahe schon wieder draußen.

Arnold grinste hämisch, als er durchs Fenster den schwarzen Camaro davonfahren sah. »Ich möchte jetzt nicht in Jordans Haut stecken«, murmelte er.

Jordan sah Lucy schockiert an. Wie konnte sie ihm nur ein so dämliches Ultimatum setzen? »Komm schon, Lucy«, sagte er flehend.

»Ich meine es ernst. Entweder knutschst du jetzt mit mir oder du fährst mich nach Hause.«

»Das ist doch albern.«

»Für dich vielleicht«, erwiderte Lucy. »Aber für mich ist die ganze Sache sehr aufschlussreich. Du findest mich offensichtlich überhaupt nicht attraktiv und bist nur mit mir zusammen, weil ich dir Leid tue.«

»Du weißt genau, dass das nicht stimmt«, sagte Jordan. »Ich halte deswegen Abstand, *weil* ich mit dir zusammen sein will!«

»Ha! Das ist ja eine tolle Ausrede!«

»Aber es ist wahr! Wenn deine Eltern wüssten, wo wir gerade sind, dann würden sie mir verbieten, dich noch einmal zu sehen!«

Lucy verschränkte die Arme vor der Brust und sah demonstrativ aus dem Fenster. Dummerweise musste sie zugeben, dass Jordan nicht ganz Unrecht hatte.

»Aber du hast noch nie auch nur *versucht*, mich ins Bett zu kriegen. Nicht ein einziges Mal ...«

»Weil ich dich respektiere!«

»Das hat meine Schwester auch gesagt.«

»Da hast du's!«

»Ich hab's *ihr* schon nicht geglaubt!« Lucy wandte sich ihm zu und sah ihm direkt in die Augen. »Entweder du knutschst jetzt *sehr* innig mit mir oder ich bin sehr enttäuscht.« Sie rutschte über den Sitz, um näher an ihn heranzukommen.

Jordan spürte die Wärme ihres Körpers neben sich. »Vielleicht nur ein einziges Mal«, sagte er heiser.

»Das ist alles, was ich verlange«, flüsterte Lucy.

Jordan zog sie in seine Arme.

In diesem Moment hörten sie ein Auto, das mit hoher Geschwindigkeit angefahren kam. Scheinwerfer blendeten sie, und ein schwarzer Wagen kam mit quietschenden Reifen neben ihnen zum Stehen. Einen Augenblick lang verhüllte eine Staubwolke das fremde Fahrzeug.

Als der Staub sich legte, schaute Jordan auf. Matt Camden starrte ihn aus dem anderen Wagen heraus an. Jordan hatte ihn noch nie so wütend gesehen.

In Jordan stieg Panik auf. Er hat gesehen, dass ich hier am McArthur's Point mit seiner kleinen Schwester am Knutschen bin! Naja, beinahe am Knutschen bin ...

»Lucy!«, brüllte Matt. »Steig in meinen Wagen! *Sofort*!«

»Sie sind verhaftet, Mister!«

Ruthies Triumphgeschrei tönte durchs ganze Haus. Simon verdrehte die Augen.

»Okay.« Er hob die Hände über den Kopf. »Ich gebe auf. Lesen Sie mir meine Rechte vor.«

»Sie stehen unter Arrest«, verkündete Ruthie. Sie nahm seine Arme, hielt sie ihm hinter den Rücken und wickelte das Springseil um die Handgelenke.

»Lebend kriegt ihr mich nie!«, knurrte Simon mit tiefer Stimme.

Das ließ Ruthie nicht gelten. »Zu spät. Ich hab dich schon!« Sie führte ihn zur Treppe in der Diele. »Hinsetzen«, befahl sie. »Ich muss dich jetzt gehören!«

»*Ver*hören meinst du«, verbesserte Simon sie.

»Ruhe!«, brüllte Ruthie. »Ich bin hier das Gesetz!«

Simon seufzte ergeben. Ruthie wand das Seil inzwischen immer wieder um seinen Oberkörper.

»Ist es dir denn noch nicht zu langweilig?«, fragte er hoffnungsvoll.

»Gar nicht!«, antwortete Ruthie. »Erst wirst du vorgeladen und dann kriegst du einen Prozess.«

Na toll, dachte Simon. Genauso hatte er sich seinen ersten Abend als professioneller Babysitter vorgestellt. Er landete im Knast!

»Matt, wir haben uns bloß unterhalten – wirklich. Es ist nichts –

Matts wütender Blick ließ Jordan augenblicklich verstummen. »Ich habe keine Lust, mit dir zu reden, Jordan. Jedenfalls noch nicht.« Dann wandte er sich seiner Schwester zu. »Lucy!«, brüllte er wieder.

Lucy wäre am liebsten im Boden versunken. Kleinlaut stieg sie aus Jordans Auto und ging zu Matts Camaro.

Auch Jordan stieg aus. Er ging um den Camaro herum und öffnete Lucy die Tür. Sie rutschte hinten auf die Rückbank ohne ihren Bruder anzusehen. Jordan bückte sich und sah durch Matts Fenster. »Wir haben uns wirklich nur unterhalten!«

»Super!« Matt starrte geradeaus durch die Windschutzscheibe. »Und nun werden Lucy und ich uns unterhalten! Gute Nacht!«

»Würdest du ihrem Vater bitte noch nichts sagen?«, fragte Jordan. »Ich möchte zuerst mit ihm sprechen.«

»Hey!«, protestierte Lucy. »Das ist aber keine gute Idee.«

»Hör zu.« Endlich wandte Matt den Kopf und sah Jordan an. »Tu, was du für richtig hältst. Aber ich glaube, dass es im

Moment am besten für dich ist, wenn du schnellstens wieder in dein Auto steigst!«

Jordan wich zurück und hielt beschwichtigend die Hände hoch. »Ich geh ja schon.« Dann fügte er mit einem Blick auf Lucy hinzu: »Wir unterhalten uns später.«

Er drehte sich um, kehrte zu seinem Wagen zurück und stieg ein.

Matt drehte sich zu Lucy um, die ihn nun anstarrte. Ihr Gesichtsausdruck verriet, wie aufgewühlt sie war. Einen Augenblick lang glaubte Matt, dass sie zu weinen anfangen würde, doch das tat sie nicht. Stattdessen überraschte sie ihn, indem sie anfing, mit ihren Fäusten auf ihn einzuhämmern.

»Für wen hältst du dich eigentlich?«, brüllte sie. »Wie kannst du mich nur in so eine peinliche Situation bringen? Ich bin kein Kind mehr, sondern fast eine erwachsene Frau! Du hast kein Recht, dich einfach so in mein Leben einzumischen!«

Matt ließ ihre Fausthiebe schweigend über sich ergehen, bis sie sich ausgetobt hatte. Als ihre Wut nachgelassen hatte, packte er ihre Hände.

»Es tut mir Leid.« Seine Stimme hatte die Schärfe verloren. »Aber ich bringe dich lieber in eine peinliche Situation, als dass ich dich etwas Dummes tun lasse, das du bestimmt schnell bereuen würdest.«

»Na, klar!«, fauchte Lucy. »Tja, wenn du eine deiner Schwestern bei etwas wirklich Dummem ertappen willst, dann solltest du unbedingt in Marys gemischte Pyjamaparty platzen!«

Matt starrte seine kleine Schwester an. Lucy blickte aus dem Fenster zu Jordan hinüber. Er hatte den Motor schon gestartet, winkte ihr kurz zu und fuhr an.

Matt legte den Rückwärtsgang ein.

»Wohin willst du?«, fragte Lucy.
»Zu den Caldwells«, antwortete Matt.

Mary und Frank Malone waren den größten Teil des Abends in der Abstellkammer geblieben. Sie hatten die Kekse aufgegessen, stundenlang über Gott und die Welt gesprochen und sich inzwischen gut kennen gelernt. Nun wurden sie beide langsam müde. Mary war gerade ein wenig eingedöst, als sie durch Lärm vor der Tür wieder aufschreckte.

Sie schlug die Augen auf. Frank sah sie mit einem seltsamen Blick an.

»Was ist denn los?«, fragte sie schlaftrunken.

Frank schluckte und zeigte auf die Tür. »Da draußen tobt einer. Ich glaube, es ist dein Bruder!«

»Mary!«, brüllte Matt. »Wo bist du?«

»Er klingt –«

»Ziemlich sauer!«, beendete Frank ihren Satz.

Mary erhob sich und öffnete die Tür.

Matt stand in der Mitte des Wohnzimmers. Die Hälfte des Basketballteams befand sich ebenfalls im Raum. Und jeder gab sich alle Mühe, ihm nicht zu nahe zu kommen.

Augenblicklich entdeckte Matt seine Schwester. »Mary!«

»Hat Lucy gepetzt?«

Matt ignorierte ihre Frage. Seine Augen weiteten sich, als Mary die Tür ganz aufstieß und Frank hinter ihr sichtbar wurde, der auf ihrem Schlafsack saß.

»Pack deine Sachen zusammen!«, bellte Matt. »Wir fahren nach Hause!«

»Aber wir haben doch gar nichts gemacht!«, wandte Mary ein.

»*Sofort*, Mary!«

Mary sah über die Schulter und erkannte, wie die Situation für Matt aussehen musste.

9

Simon wand sich in seinen Fesseln, doch es half nichts. Ruthie war fachgerecht und gründlich vorgegangen. Er schaute auf und sah sie ein paar Stufen über ihm auf der Treppe sitzen und einen Keks essen.

»Bind mich los«, befahl Simon. »Bind mich jetzt endlich los, ja?«

»Das geht nicht«, sagte Ruthie. »Ich bin bloß der Gerichtsdiener. Du musst warten, bis die Detectives kommen und dich behörden!«

»*Verhören*!«, keifte Simon gereizt.

»Genau.« Ruthie pflückte einen Krümel von ihrem Hemd. »Das.«

Simon verdrehte die Augen. »Dann spiel doch einfach jetzt Detective. Du willst doch nicht, dass Mom und Dad nach Hause kommen und mich so finden, oder?«

Augenblicklich erkannte er, dass er etwas ausgesprochen Dummes gesagt hatte. Natürlich wollte sie das!

»Ich weiß nicht«, meinte Ruthie. »Du gefällst mir so verpackt ziemlich gut. Niedlich siehst du aus. Mal sehen, wie es aus einer anderen Perspektive kommt.«

Simon kochte inzwischen. Dennoch war er vollkommen hilflos; unbedacht hatte er sich wie ein Paket zusammenschnüren lassen. Ruthie stand auf und strich sich die

Kekskrümel von ihrer Kleidung. Dann stieg sie noch zwei Stufen höher, steckte den Kopf durch die Streben des Geländers und musterte ihren Bruder ausgiebig.

»Jawoll. Auch von hier oben siehst du ziemlich klasse aus. Als ob du hinter Gittern wärst.«

»Ruthie! Das ist nicht komisch!«

Sie lachte auf. »Oh, doch, und wie!« Doch als sie den Kopf zurückziehen wollte, steckte er fest. Sie zog und zerrte wieder, erreichte jedoch nichts, außer dass ihre Ohren rot wurden. Ruthie begann zu schreien.

»Keine Panik!«, rief Simon, konnte jedoch nicht verhindern, dass er selbst panisch klang.

»Ich krieg meinen Kopf nicht raus!«, schrie Ruthie. »Und das ist nur deine Schuld!«

In diesem Moment kam Happy mit ihrem Fressnapf in der Schnauze hereingetrabt. Sie ließ den Napf vor Simons Füße fallen und winselte.

»Hör mir zu, Mädchen«, sagte Simon. »Beiß meine Fesseln durch. Komm, beiß sie durch, Mädchen!«

Happy wedelte unschlüssig mit dem Schwanz. Dann gähnte sie, legte sich hin und drehte Simon vergnügt den Bauch zu.

»Blöder Hund«, murmelte Simon.

»Du bist der schlechteste Babysitter, den ich je hatte«, schimpfte Ruthie.

»Vor zwei Stunden hast du aber was anderes gesagt.«

»Da steckte ich ja auch noch nicht wegen dir in dieser blöden Treppe fest!« So sehr Ruthie sich wand und drehte, sie konnte ihren Kopf nicht befreien. »Hoffentlich hat Daddy eine Kettensäge.«

In diesem Moment hörten sie einen Wagen in die Auffahrt biegen.

Bitte lass es Matt sein, flehte Simon stumm.

Der Reverend und Mrs. Camden hatten Cassandra und Barbara abgesetzt und waren nun auf dem Weg nach Hause. Beide schwiegen nachdenklich. Die Probleme der Mädchen waren an diesem Abend nicht gelöst worden; und es war auch fraglich, ob sie sich in den nächsten Jahren würden lösen lassen.

»Wir haben wirklich Glück«, sagte Mrs. Camden in die Stille hinein.

Der Reverend nickte. Er wusste, dass seine Frau von ihren eigenen Kindern sprach. »Ja. Matt ist ein verantwortungsbewusster Mensch ... meistens jedenfalls.«

»Und er passt auch immer auf seine Geschwister auf.«

Wieder nickte der Reverend. »Und Mary und Lucy sind schon jetzt tolle junge Frauen.«

»Ich bin froh, dass meine Töchter niemals erleben werden, was Barbara und Cassandra im Augenblick durchmachen«, sagte Mrs. Camden nach einer Weile.

Einen Moment darauf bog der Reverend in die Auffahrt zum Haus ein. Er schaltete den Motor ab, stieg aus und ging um den Wagen herum, um seiner Frau die Tür zu öffnen.

»Natürlich bin ich auch auf Simon stolz«, fügte Mrs. Camden hinzu. »Er gibt sich sehr viel Mühe mit Ruthie.«

»Und ich bin sicher, dass er sich heute Abend selbst übertroffen hat«, meinte der Reverend, während sie zur Eingangstür gingen. »Wir können ihm hundertprozentig vertrauen!«

Reverend Camden schloss die Tür auf und ließ seine Frau eintreten.

Mrs. Camden schnappte hörbar nach Luft.

»Hi, Mommy«, sagte Ruthie, deren Kopf durch das Treppengeländer ragte.

»Sie ... sie hatte keine Lust auf Brettspiele«, stotterte der gefesselte Simon.

Mrs. Camden hastete die Treppe hinauf, um ihre Tochter zu befreien. Während sich der Reverend um den sich vor Verlegenheit windenden Simon kümmerte, tauschte das Paar bedeutungsvolle Blicke aus.

»Mir scheint, wir haben Simons Babysitter-Künste überschätzt«, bemerkte Mrs. Camden.

Ihr Mann nickte. »Ich kann nur hoffen, dass das der einzige Punkt war, in dem wir uns getäuscht haben.«

Lucy saß auf der Rückbank des Camaro und beobachtete, wie Matt ihre Schwester aus dem Haus der Caldwells führte. Keiner von beiden sprach; Mary sah betreten aus, Matt wütend.

»Steig ein!«, keifte Matt und riss die Beifahrertür für seine Schwester auf.

Mary kletterte auf den Sitz und warf Lucy einen zornigen Blick zu. »Mit dir spreche ich mein ganzes Leben kein Wort mehr.«

»Oh, doch«, sagte Matt, während er sich hinters Lenkrad setzte. »Aber vor allem wirst du mit mir sprechen. Ihr beide werdet mit mir sprechen!« Grimmig fuhr er sich durchs Haar. »Ihr könnt jedenfalls sicher sein, dass ich ein Wörtchen mit euch zu reden habe!«

Lucy atmete tief durch. »Aber könnten wir nicht vielleicht Mom und Dad raushalten und diese Sache hier unter uns dreien ausmachen?«

Nun sah auch Mary ihren Bruder flehend an. Er packte das Lenkrad fester und starrte stur geradeaus durch die Windschutzscheibe. Doch wenigstens schien er darüber nachzudenken.

Frank Malone erreichte das Haus der Camdens im selben Moment, in dem Jordan seinen Wagen parkte. Beide Jungen stiegen aus und gingen aufeinander zu. Einen Augenblick lang betrachteten sie einander mit wissenden Blicken, dann fragte Jordan: »Standst du auch plötzlich ohne Frau da?«

Frank nickte. »So ähnlich.«

»Da sind wir wohl beide in ein heftiges Unwetter geraten!«

»Ja«, erwiderte Frank. »Das Sturmtief namens Matt ...«

Gemeinsam gingen sie die Treppe zur Eingangstür hinauf.

Eine Viertelstunde später wussten Reverend Camden und seine Frau über die Ereignisse des Abends Bescheid. Sie waren zwar beide nicht gerade begeistert von dem, was sie gehört hatten, waren sich aber im Klaren, dass es weit schlimmer hätte kommen können.

»Tja, und dann war Matt plötzlich da und befahl Lucy, in seinen Wagen zu steigen«, beendete Jordan seine Geschichte. Er hatte den Blick gesenkt. »Ich ließ sie gehen, weil ich dachte, dass es auch nichts bringen würde, wenn ich mich jetzt mit ihm streiten würde. Aber zwischen Lucy und mir wäre wirklich nichts passiert!«

Endlich blickte Jordan auf. Mr. und Mrs. Camden saßen auf der Couch den beiden Jungen gegenüber. Eine lange Weile sagte niemand etwas.

»Irgendeine Idee, wo Matt und Lucy jetzt gerade sein könnten?«, fragte der Reverend schließlich.

Jordan zuckte die Achseln. »Vermutlich noch auf dem Rückweg von den Caldwells.«

Frank nickte. »Das glaube ich auch.«

»Matt wusste also nicht, dass nicht nur das weibliche Basketballteam zu der Pyjamaparty kommen würde.«

Die Jungs nickten. »Und wie mir scheint, wussten Sie beide es auch nicht, richtig?«

Mrs. Camden schüttelte den Kopf und gab sich alle Mühe, ihre Betroffenheit zu verbergen. »Aber warum hat sie uns nur belogen?«

»Sie hat es nicht als Lüge betrachtet«, antwortete Jordan hastig. »Sie hat einfach nur etwas verschwiegen, weil sie sich schon gedacht hat, dass es Sie aufregen würde.«

»Das läuft auf dasselbe hinaus, Jordan!«, sagte Reverend Camden verärgert. Doch dann schüttelte er den Kopf und lächelte. »Wir geben euch beiden natürlich keine Schuld daran.«

Jordan und Frank seufzten erleichtert.

»Es war ziemlich mutig von euch, einfach so herzukommen«, setzte der Reverend hinzu. »Respekt.«

Mrs. Camden nickte. »Ja. Eure Eltern können stolz auf euch sein.«

»Ich bin nicht hergekommen, um meine Eltern zu beeindrucken«, wandte Frank ein. »Ich hielt es einfach für das Richtige.«

»Und ich bin sicher, dass ihr gar nicht erst gekommen wäret, wenn ihr uns nicht die Wahrheit hättet sagen wollen.«

Wieder nickten beide Jungen.

Der Reverend seufzte. Als er fortfuhr, war seine Stimme sehr ernst. »Ich möchte euch beiden etwas sagen«, begann er. »Ihr zwei seid sehr vernünftig und erwachsen, und ich finde es großartig, wie ihr heute gehandelt habt.« Er wandte sich an Jordan. »Du bist zwei Jahre älter als meine Tochter. Du bist im Abschlussjahr und siehst gut aus, so dass es ziemlich wahrscheinlich ist, dass du schon ... Erfahrung hast.«

Jordan wurde rot, sagte aber nichts.

»Ich schlage dir Folgendes vor«, fuhr der Reverend fort. »Außerhalb des Hauses wirst du in Zukunft nicht mehr mit meiner Tochter allein sein. Ihr könnt mit Freunden ausgehen und euch zu Schulaktivitäten treffen – das war's.«

Jordan nickte.

Der Reverend wandte sich nun an Frank. »Wir beide kennen uns gerade erst ein paar Minuten. Aber sich auf einer gemischten Pyjamaparty mit einem Mädchen – meiner Tochter – auf ein Zimmer zurückzuziehen, ist nicht okay.«

Frank seufzte, dann nickte er.

»Aber du bist ja wenigstens hergekommen, um es uns zu erklären«, fügte er hinzu. Dann lehnte er sich zurück und musterte die beiden Jungen einen Moment lang. »Ich möchte, dass ihr beide euch hier öfter blicken lasst.«

Frank und Jordan sahen den Reverend erstaunt an.

»Ja«, stimmte Mrs. Camden dem Vorschlag ihres Mannes zu. »Ich möchte euch beide näher kennen lernen. Ihr könnt, wenn ihr wollt, auch einmal mit euren Eltern vorbeikommen.«

Frank sah sie ein wenig alarmiert an.

»Keine Sorge, es muss kein formelles Treffen sein«, setzte Mrs. Camden hinzu. »Macht es, wie ihr wollt!«

»Und ich möchte, dass ihr weiterhin das Gespräch sucht«, sagte der Reverend. »Redet, wie wir es heute getan haben. Denn was immer ich über diesen Abend gehört habe – ich halte euch für zwei verantwortungsvolle, anständige Jungs, die meine Töchter respektieren.« Er machte eine kurze Pause, um schließlich hinzuzufügen: »Und das gefällt mir. Sehr sogar!«

»Mir auch«, stimmte Mrs. Camden zu.

»So.« Der Reverend lächelte. »Es tut mir zwar Leid, jetzt so abrupt aufzuhören, aber ich könnte mir vorstellen, dass ihr zwei keine Lust habt, noch hier zu sein, wenn Matt und seine Schwestern zurückkehren.«

Frank und Jordan nickten.

»Vielen Dank, Reverend. Mrs. Camden«, sagte Jordan, nachdem er aufgestanden war. »Ich fahre jetzt nach Hause. Wir sehen uns Sonntag in der Kirche.«

Als die Camdens die beiden Jungen zur Tür begleiteten, ging diese plötzlich auf. Matt, Mary und Lucy traten ein.

»Ich ruf dich morgen an, Lucy«, rief Jordan und sah zu, dass er hinauskam.

»Ich hoffe, wir sehen uns wieder«, sagte Frank zu Mary, bevor er an ihr vorbeihastete.

Die Mädchen sahen den beiden hinterher, während Matt sich an seine Eltern wandte. »Ich habe schon mit ihnen geredet.«

Der Reverend nickte. »Danke, Matt. Gute Nacht!«

Matt klopfte seinen Schwestern auf den Rücken und bedachte sie mit einem mitfühlenden Blick. Dann verschwand er nach oben.

»Mary«, begann Mrs. Camden. »Komm mit in die Küche. Ich möchte mit dir reden.« Sie sah ihre jüngere Tochter an. »Und auch mit dir, wenn du mit deinem Vater gesprochen hast.«

Lucy nickte traurig.

In diesem Moment kam Matt beschwingt die Treppe hinunter. Er hielt seine Kamera in der Hand. »Momentchen!«, rief er. »Hat jemand was dagegen, wenn ich das aufnehme?«

Die Kameraführung war wackelig und das Material nicht gerade professionell, aber die Präsentation wirkte dynamisch und die Interviews echt.

Die Szene begann in der Küche der Camdens. Zuerst zeigte die Kamera die Uhr an der Wand. Es war ein Uhr vierunddreißig in der Früh. Dann schwenkte das Bild zu Mrs. Camden und Mary, die zusammen am Küchentisch saßen. Mrs. Camden machte eine betroffene Miene, Mary eine zutiefst verlegene.

»Aber ich hatte nicht vor, mit irgendeinem Typen zu schlafen«, sagte Mary. »Und wenn ich das gewollt hätte,

hätte ich nicht zu einer Basketball-Pyjamaparty zu gehen brauchen.«

Mrs. Camden riss überrascht die Augen auf, als ihr klar wurde, was ihre Tochter da soeben gesagt hatte. Schließlich seufzte sie. »Stimmt wohl.«

Mary setzte sich im Stuhl zurück und lächelte.

»Okay«, meinte Mrs. Camden nach einem Moment. »Und wo würdest du hingehen, wenn du es darauf anlegen wolltest?«

Statt zu antworten, blickte Mary nur verlegen in die Kamera.

Als die zweite Szene von Matts Video begann, zeigte die Uhr in der Küche zwei Uhr dreizehn. Mary saß noch immer am Tisch, doch statt Mrs. Camden war nun der Reverend bei ihr. Er sah seine Tochter direkt an, doch sie mied seinen Blick.

»Die Frage, warum du uns angelogen hast, wenn an dieser Pyjamaparty doch alles ganz normal war, ist immer noch nicht beantwortet«, sagte er.

»Weil *ihr* es nicht für normal gehalten hättet«, brachte Mary verzweifelt hervor. »In meinen Augen war es völlig in Ordnung.«

Der Reverend nickte. »Na schön.« Er hielt eine Hand hoch. »Trotzdem: Wenn du dich für erwachsen genug hältst, deine eigenen Entscheidungen zu treffen, warum stehst du dann nicht auch für eben diese Entscheidungen ein, anstatt sie hinter unserem Rücken in die Tat umzusetzen?«

Mary dachte einen Moment darüber nach. Dann blickte sie betroffen in die Kamera.

Die dritte Szene fand im Wohnzimmer statt. Die Kamera wanderte im Raum umher, bis sie auf der Uhr auf dem

Kamin stehen blieb. Es war drei Uhr morgens. Lucy saß neben ihrer Mutter auf der Couch. Sie diskutierten heftig.

»Ich weiß es nicht«, sagte Lucy gerade. »Ich weiß ja nicht mal, welche Alternativen es gibt.«

»Es ist aber wichtig, wenigstens einen groben Plan für die Zukunft zu haben«, sagte Mrs. Camden. »Und mir wäre es lieb, wenn dein Plan beinhaltete, dass du mit dem Sex bis zur Ehe wartest.«

»Okay.« Lucy nickte. »Aber gibt es zwischen den beiden Extremen nicht noch irgendetwas?«

Ihre Mutter sah sie verwirrt an. »Extreme?«

Lucy nickte. »Du weißt schon. Mehr als nur Küssen und weniger als direkt aufs Ganze gehen?« Sie schaute ihre Mutter direkt an. »Wo ist die Grenze?«

Dieses Mal war es Mrs. Camden, die verlegen in die Kamera blickte.

Die letzte Szene spielte wiederum im Wohnzimmer. Es war still. Die Kamera schwenkte erneut durch den Raum, bis sie die Kaminuhr fokussierte. Sechs Uhr morgens.

Mary lag in einem Sessel, in dem sie schon vor Stunden eingeschlafen war. Lucy lag auf dem Boden, eine Wolldecke über sich. Mr. und Mrs. Camden waren aneinandergelehnt auf der Couch eingeschlafen.

Die Kamera wanderte ins Foyer und richtete sich auf Ruthie und Simon, die gerade die Treppe hinunterkamen. Sie trugen noch ihre Schlafanzüge.

»Aber wieso denn nicht?«, fragte Ruthie.

»Darum nicht!«, antwortete Simon. »Ich gebe das Babysitten auf.«

»Aber wieso denn?«, quengelte Ruthie.

»Weil Kinder nicht auf Kinder aufpassen sollten. Ich bin zu jung.«

Simon durchquerte das Wohnzimmer und ging direkt in die Küche. Die Kamera hielt auf Ruthie, die auf den Schoß ihrer Eltern kletterte. Mr. und Mrs. Camden regten sich und öffneten schließlich die Augen. Keiner von beiden schien zu bemerken, dass die Kamera sie noch filmte.

»Mommy«, sagte Ruthie. »Ich hab eine Frage.«

Mrs. Camden streckte sich. »Schieß los.«

»Wo kommen die Babys her?«

Reverend Camden und seine Frau sahen sich an. Dann schlangen sie beide ihre Arme um Ruthie und drückten sie fest an sich.

Das Bild verschwand, auf dem Schirm erschien Schnee. Matt drückte auf die Fernbedienung und schaltete den Fernseher aus. Mary und Lucy, die nebeneinander auf der Couch saßen, wandten sich gleichzeitig an ihren großen Bruder.

»Wieso hast du keine einzige der Antworten aufgenommen?« wollte Lucy wissen.

Matt lächelte. »Weil sicher jeder eine eigene Antwort auf die gestellten Fragen hat.«

Mary nickte. »Und wie wirst du den Film nennen?«

»Zuerst dachte ich, ich sollte ihn »Let's talk about sex« nennen«, sagte Matt. »Aber dann fiel mir ein besserer Titel ein.«

»Und der wäre?«

»Gespräche im 20. Jahrhundert«, antwortete Matt.

Ohne ein weiteres Wort drückte Matt das Band aus dem Rekorder und verließ das Wohnzimmer. Mary und Lucy sahen ihm nach, als er die Treppe hinauflief.

»Weißt du«, sagte Mary nachdenklich, »es gibt da ein paar Dinge, die ich *ihn* gerne gefragt hätte!«

Lucy grinste. »So geht's mir auch.«

Die Mädchen sprangen gleichzeitig auf. »Hey, Matt!«, riefen sie und stürmten die Treppe hinauf.

10

Der Montag kam und mit ihm verblassten die turbulenten Ereignisse des Wochenendes zu Erinnerungen. Lucy traf Jordan im Schulflur und entschuldigte sich für die Szene bei McArthur's Point. Er lachte und versicherte ihr, dass es sicherlich schön geworden wäre, wenn sie beide älter und etwas erfahrener gewesen wären.

Frank bat Mary um Entschuldigung, dass er einfach zu ihren Eltern gefahren war. Doch zu seiner Überraschung war sie ihm nicht böse. Sie verabredeten, sich im Laufe der Woche zu treffen – selbstverständlich nicht allein. Mary stellte fest, dass sie Frank wirklich gerne mochte – sehr gerne sogar.

Um drei klingelte die Schulglocke. Mary und Lucy trafen sich am Haupteingang und traten hinaus ins Freie. Ihre Mutter wartete draußen im Auto auf sie.

»Du kannst fahren«, sagte Mrs. Camden zu Mary. Sie rutschte auf den Beifahrersitz und Mary kletterte hinters Lenkrad. Lucy setzte sich nach hinten und winkte ein paar Freundinnen zu.

Mary startete den Wagen und wollte gerade losfahren, als ihre Mutter sie aufhielt. »Ich hab was vergessen. Ein Grund, warum ich gekommen bin, war, dass ich mich bei deinem Fahrlehrer bedanken wollte.«

Mary trat erschreckt auf die Bremse. »Wieso ... wieso das denn?«

»Weil er dir den Führerschein gegeben hat, Dummerchen«, sagte Mrs. Camden. Sie deutete nach vorne. »Komm, fahr mich bis da drüben und park dort ein. Ich spring dann eben raus.«

Als Mary sah, wohin ihre Mutter zeigte, wurde ihr siedend heiß. »Und wenn ich mich in deinem Namen bedanke?«, schlug sie vor. Sie hörte Lucy hinter sich kichern.

»Nein, nein«, wehrte Mrs. Camden ab. »Das ist unhöflich.«

»Aber wieso denn?«

Mrs. Camden ignorierte die Frage. »Komm, stell den Wagen einfach zwischen den beiden Autos ab. Genau da.«

Mary blickte in den Rückspiegel. Es war nicht zu übersehen, dass Lucy sich köstlich amüsierte.

»Aber da ... da steht der Wagen des Direktors!«, stammelte Mary verzweifelt.

»Ja und? Denkst du, den Direktor stört es, wenn jemand neben ihm parkt?«

Der Blick ihrer Mutter sagte Mary, dass sie durchschaut war. Tapfer fuhr sie den Kombi in Richtung der Lücke. Sie würde wenigstens den Versuch machen!

»Ich denke, ich steige mal kurz aus«, meinte Lucy nervös.

»Bleib sitzen«, befahl Mrs. Camden. »Es dauert ja nicht lange.«

Mary legte den Rückwärtsgang ein und begann, das Lenkrad einzuschlagen. Nach mehreren Versuchen und viel Gekurbel musste sie einsehen, dass sie es nicht schaffen würde. Ihre kläglichen Manöver hatten inzwischen eine Menge von Schaulustigen angezogen. Sogar der Direktor sah interessiert zu.

Mary seufzte und zog die Handbremse. Nun stand sie mitten auf der Straße.

»Das dachte ich mir«, bemerkte Mrs. Camden. »Ich habe dich neulich gefragt, ob der Prüfer von dir verlangt hat einzuparken, und du hast ja gesagt.«

»Das hat er ja auch«, erwiderte Mary.

»Und?«

Mary seufzte wieder. Sie hatte auf ganzer Linie verloren und sie wusste es. »Und ich habe geheult, damit er mich nicht durchfallen lässt.«

Mrs. Camden verdrehte die Augen. »Wisst ihr, was das Problem in dieser Familie ist?«

Mary und Lucy schüttelten die Köpfe.

»Dass meine Töchter entsetzliche Lügnerinnen sind.«

Die beiden Mädchen rissen entsetzt die Augen auf.

Mrs. Camden lächelte. »Ich wollte damit nicht sagen, dass ihr lügt, denn das tut ihr nicht – jedenfalls nicht oft. Das Problem liegt darin, dass ihr es so schlecht tut. Als Lügnerinnen seid ihr totale Versager – und dafür danke ich Gott!«

Nun wandte Mrs. Camden sich an Mary. »*Ich* fahre!« Sie schubste ihre älteste Tochter aus dem Wagen. »Und du wirst noch eine Menge Übungsstunden nehmen, bevor du dich noch einmal für die Prüfung anmeldest.«

Mary seufzte. »Okay, okay. Aber würdest du uns bitte ganz schnell von hier wegbringen?«

Eine himmlische Familie

Amanda Christie
Eine himmlische Familie
Matt, der Herzensbrecher
Roman

Amanda Christie
Eine himmlische Familie
Rivalinnen
Roman

vgs verlagsgesellschaft Köln